ドクターと悪女

キャサリン・スペンサー 作

高杉啓子 訳

ハーレクイン・ロマンス

東京・ロンドン・トロント・パリ・ニューヨーク・アムステルダム
ハンブルク・ストックホルム・ミラノ・シドニー・マドリッド・ワルシャワ
ブダペスト・リオデジャネイロ・ルクセンブルク・フリブール・ムンバイ

THE DOCTOR'S SECRET CHILD

by Catherine Spencer

Published by Harlequin Japan,
a Division of K.K. HarperCollins Japan, 2024

キャサリン・スペンサー

イギリス出身だがカナダのバンクーバーに移住した。英語の教師からロマンス作家に転身。カナダ人の男性と結婚し、子供にも恵まれ、孫もいる。空いた時間にはピアノを弾いたり、庭の手入れをしたり、アンティークショップを覗いたりする。

主要登場人物

モリー・パゲット……キルト店の店主。
アリエル・パゲット……モリーの娘。
ヒルダ・パゲット……モリーの母親。
ジョン・パゲット……モリーの父親。
エレイン……モリーの友人。
ダニエル・コーデル……医師。愛称ダン。
イボンヌ・コーデル……ダンの母親。
サマー・ウインスロー……ダンのフィアンセ。

1

その家はモリーが覚えていたより小さくみすぼらしかった。だが家の前の除雪した道路に停《と》めてある濃紺のセダンは高級車だ。まさかそれがダン・コーデルの車だとは、モリーは思ってもいなかった。地味で実用的なその車は、彼の好みとはまったく違う。彼はがむしゃらに走るハーレー・ダビッドソンのようなオートバイが好きだった。

だが母親の家の玄関を開けたモリーを迎えたのは、滑らかなダンの声だった。「ついに帰ってくる決心をしたんだね」

体に衝撃が走った。顔にも表れているだろうか？

「もちろんよ」金属の冷たさが胸の痛みを和らげてくれたらと思いながら、モリーは安っぽいドアノブを力いっぱいつかんだ。「母が怪我《けが》をして世話をする人間が必要だって聞いたわ。当然、帰ってくるに決まってるじゃない」

ダンは信じられないというように肩をすくめ、アリエルを顎で示した。「この子は？」

いつかは答えなくてはならない問いだとわかっていたが、こんなに早くその時が来るなんて。しかもダンにだけは答えたくない。彼は想像すらしていないに違いない。「私の娘よ」

「それは察しがついてるよ」ダンの唇に笑みが浮かんだ。昔、厳格な父親がモリーに植えつけようと必死だった保守的な考えを、すべて忘れさせてしまった笑みだ。「僕が尋ねているのは、この子の名前だ」

「アリエルよ」モリーは娘を引き寄せた。そうすれば、彼が誰なのかを娘に知られることがないとでもいうかのように。

アリエルを正面から見つめているダンの真っ青な瞳が和らいだ。十一年前はこんな表情は見せなかった。「かわいい名前だ。君と同じくらい」

アリエルがうれしそうに笑みを浮かべる。モリーの胸に不安がよぎった。モリーが見た限りでは娘がコーデル家の遺伝子を受け継いでいるとは思えないが、ダンは何かに気づいてしまうかもしれない。アリエルが自分の血を分けた娘だと直感的にひらめいてしまったらどうしよう。

ダンに気づかれる前に、モリーは廊下の奥にあるキッチンへ娘を押しやった。「冷蔵庫に何が入っているか見てきて、アリエル。ミルクや卵がなかったら、角の店まで買いに行かなくてはいけないわ」

キッチンに向かうアリエルの長い脚をダンが見ている。モリーは自分を抱くように腕を体に巻きつけた。運命の時が来てしまったのだ。だがダンは何かに気づいた様子もなくモリーのほうを見た。「君が家族を連れて帰ってくるとは知らなかったよ」そう言うと、コートかけにかけてあった羊皮の裏地がついたデニムのジャケットをはおった。

「あなたがこの家の鍵《かぎ》を持ってるとは知らなかったわ」モリーの口調は鋭かった。アドレナリンがどっと吹き出す。「それとも勝手に入ったの？」

モリーが真っ先にダンと顔を合わせたことに、彼は少しも驚いていないようだ。「僕は君のお母さんの主治医だからね。患者の様子を見て回るのが大事だと心得ている、昔ふうの医者なんだ」

モリーは口をぽかんと開けた。十一年前は暇さえあれば女性を追っかけ回し、スピード違反でチケットをもらってばかりいた町の怠け者が医者ですって？　昔ふうの？「ええ、そうよね！」モリーはダンが身につけているブルージーンズとオフホワイトの太い毛糸でざっくり編んだセーターに目をやった。「あなたが医者なら、私は『王様と私』に出てくる家庭教師のアンになれるわ」

「君は両親を恥じるあまり彼らの存在すら忘れ、金持ちの夫を捕まえて家に近寄ろうともしなかった娘だ。真実と幻想を一緒にしてはいけない」

昔、モリーの心を簡単に引きつけたように、ダンはたやすく彼女を傷つける。一メートル九十センチ近い長身が、背後にある窓から差し込む三月半ばの弱々しい光を受け、冷たく長い影を作っていた。だがモリーの結婚を非難するような棘《とげ》は感じられない。

笑い出したい気持ちと、彼に対する軽蔑《けいべつ》の言葉を必死で抑えた。金持ちの夫？　そんなおとぎ話を誰が作り上げたの？　モリーは理性を取り戻して答えた。「まったくね！　それで、あなたが本当に母の主治医だとしたら、母の容態はどうなのかしら？」

「介助なしには動けないほど悪い。ベッドから落ちたり、そこの急な階段から落ちたりしたらおしまいだ。事故に遭う前から体調はよくなかった」

「どこが悪かったの？」

ダンは批判するような視線で、モリーの全身に目を走らせた。柔らかな革製のブーツ。毛皮の襟のついたコートからはカシミアのセーターがのぞいている。「そんなことも知らないなんてがっかりだね。もし君が――」

「もし私が親不孝な娘じゃなかったら、そんなことわかっているはずだと言いたいのね」モリーが遮った。「見かけにごまかされちゃ駄目よ、ドクター。中身は依然として親不孝な手に負えないパゲットの娘よ。私の両親は気の毒に、厄介者の娘を背負わされてしまったんだわ」

「君がそう思ってるだけで、僕は違う」

「この言葉のせいで、私は十八歳になる前にこの町を出たのよ。みんなが聞こえよがしに噂《うわさ》してたわ。私が帰ってきたから、また蒸し返されるわね」

「それで君はずっと戻ってこなかったのかい？　こ

の町は君の住む町じゃないと思ったから？」

ため息を抑える。真実をダンに話したくない――話せない。ダンがモリーに飽き、二人の秘密の夏が終わったあとに、彼女は妊娠していることに気づいた。もし父親に知れたら半殺しにされてしまう。母は厳しい父に抵抗して娘を助けてやる勇気は持っていない。モリーには頼る者がいなかった。そんな両親をモリーは憎んでいた。

「私のことはどうだっていいわ。母の容態を知りたいの。踏切で両親の乗った車に電車が衝突し、父は即死で母は重体だったと聞いたわ。母の怪我がどの程度か、回復できるかどうか教えて」

ダンの瞳に、後悔のような表情がちらりと浮かんだ。「君は変わったね、モリー。もう僕の知っていた少女ではない」

「よかったわ！」

「かわいらしさがなくなってしまった」

「もう子供じゃないのよ、ドクター。あのころのままだったら、あなただって母の主治医にはなれないわ。ところで、なぜあなたのお父さんが母の主治医ではないの？　昔はそうだったと思うけど」

「父は去年引退した。だからほかの医者の診察を頼みたいんだったら紹介するよ。だが専門医はハーモニー・コーブにはいない。この町の整形外科医と呼吸器科の医師に相談してみたが、君に信頼してもらえない僕の意見と同じだったよ」

「ちょっときいてみただけよ」モリーは床をブーツで蹴《け》った。本当は神経質になっているのだが、ダンにはいらだっているのだと思わせたい。ドクター・コーデルに勧められて電話をしたと町のソーシャルワーカーから聞かされた時、それが息子のダンだとは思いもしなかった。「それより母はどうなの?

率直に答えて。母は回復の見込みがあるの?　寝たきりになるんだったら、そう言ってちょうだい」

ダンが唇を引き結んだ。かつてモリーの気持ちをかき立てた唇だ。十一年後の今も思い出しただけで体が熱くなる。「喘息《ぜんそく》の治療に長い間ステロイドを使っていたから、彼女は骨粗《こつそ》鬆症《しょうしょう》になっているんだ。それに加えて年を取り、食事が偏っているうえに健康管理ができていないため、強く抱きしめただけで肋骨《ろっこつ》が折れるほどに骨が弱っている。衝突事故で折れた骨盤は金属でつないである状態だ。歩行を補助する器具は必要だと思うけど、また歩けるようになる可能性はある。骨の状態がよくなる可能性も少しはあるが、それも決められた薬をのめばの話だ。だが、彼女は薬をのみ忘れるし、あきらめてしまっている。回復したいという気持ちがないどころか、死にたがってると言ってもいいくらいだ。これが君の望んでいる率直な意見だよ。満足したかい、モリー?」

満足ですって? ショックと痛みのあまり体の芯《しん》が震え、自制心を失ってしまいそうだ。悲しみで喉が詰まった。「ええ」モリーはドアを大きく開いた。大西洋からの冷たい風が頬を打つ。ありがたいことに冷たい風のせいで、ダンに同情される前にショックから立ち直った。「寄っていただいてありがとう」

ダンはゆっくりとジャケットのボタンをかけ、黒い革のバッグのジッパーを閉めた。「まだ帰るわけにはいかないんだ。君のお母さんの体力の限界を君が理解しているか確認したいし、どう世話をすればいいかも教えておきたい」

モリーは軽蔑した目でダンを見た。「電話をくれたソーシャルワーカーが、どうすればいいか詳しく教えてくれたの。シーツの替え方や便器の使い方を習う必要はないわ」

「君は自分で思っているほど心の準備はできていないと思うよ。何年もお母さんに会っていないから、彼女の変わりようにびっくりして、僕に近くにいて助けてほしいと思うかもしれない」

「いいえ、あなたのいないところで母の心と体の状態を自分でチェックしたいの。特別な薬や治療の必要がないんだったら……」

「両方必要だ。だが訪問看護師がそのために一日に二回ここに来てくれる」

「じゃあ、何かわからないことが出てきたら、あなたかほかのドクターに尋ねることにするわ」

ダンは静かにモリーを眺めた。「出てくるに決まっている。お母さんが君に看病してもらうのを拒まない限り、わからないことは僕に相談するんだ。それと、明日の午前中に予約を入れて僕のオフィスに来てほしい。父のオフィスではなくイーストサイド・クリニックにいる。船員組合の古いビルの隣だ。君が留守にしている間は、隣のキャディー・ブーデレがヒルダの世話をしてくれる」

「キャディー・ブーデレが面倒を見てくれるって、どうして断言できるの？　以前は母と彼女はそんなに親しくなかったわ」

「ヒルダが退院してからずっと、彼女はここに住み込むようにして世話してくれてるからさ」

「そんなに他人のことに首を突っ込んでいたら、きっと大忙しでしょうね」

「困ってる人には助けが必要なんだよ。君が急いで帰ってくる様子がなかったからね」

ダンの非難を込めた視線に耐えられず、モリーは目を閉じた。再び目を開けると、ダンは背中をまるめて風の中を車へと歩いていた。黒い髪に雪が舞い落ちている。モリーを振り返ることもなく彼は車に乗り、港のほうに向かって走り去った。

モリーの立っている場所から、小屋の横に積み上げられたロブスターの捕獲用の仕かけが見えた。突堤に近いコンクリートの上で網を広げ、修理をしている頑強な漁師の姿も見える。あと三カ月もすれば春が訪れ、辺りは雪が消えて穏やかな色調に変わる。大勢の観光客が、海に突き出した岸壁に立っている灯台や、ロブスター小屋の窓に取りつけられたフラワーボックスから地面に届かんばかりに垂れ下がったペチュニアの花を見ては感嘆の声をあげるのだ。

だが今は町中が陰気なグレーに覆われ、通りに沿って立ち並ぶ小さな家の急勾配《こうばい》の屋根に、降り始めたばかりの白い雪が積もっている。

モリーはこの町のすべてが嫌いだ。住人たちの心の狭さ、批判するような視線、他人の不幸を喜ぶ性格を思い出す。この町に百年以上も前から受け継がれてきた先人の生き方しか知らず、彼らの生き方だけが正しいと信じているのだ。

ドアを閉じて廊下を振り返ると、ちょうどアリエルがキッチンから出てきた。「買い物に行く必要はないわ、ママ。冷蔵庫は食べ物でいっぱいよ」

「でもずっと前から冷蔵庫に入っているものだったら捨てなくちゃいけないわ」

「ミルクも卵も新しいわ。箱に印刷してある日付を見たもの」

十歳のアリエルは一般的な意味ではまだ子供だが、片親だけの彼女は同じ年齢のほかの子供より早くから責任を負わされている。〝今日はごみを捨てる日だから忘れないで、ママ〟そう言い始めたのはわずか四歳の時だった。昔、いろんなことがうまくいかない時には、アリエルのほうが母親のようにモリーを慰めてくれた。

モリーはアリエルの三つ編みの片方を軽く引っ張り、片手を上げて娘の手と打ち合わせた。「しっかりした娘だわ！　あなたがいなかったら、ママはどうしていいかわからない」

今日は特別にそう思わざるを得ない。真実を知ったダンがアリエルを奪ってしまったら、どうやって生きていけばいいのだろう？

モリーは娘の腰に腕を回した。「荷物を二階に運んで、おばあちゃん《グランマ》に挨拶《あいさつ》しに行きましょう。初めてあなたに会えて、きっと喜ぶわよ」

　正面に暗くて急な階段がある。アリエルよりも小さいころ、狭い部屋に罰として閉じ込められたことを思い出した。あのころは家中にお化けが潜んでいて、モリーに罰を与えるために飛び出してきそうな感じがした。今初めて、家そのものの姿を見たような気がする。かつてこの家を支配していた父と同じように、温かみのない荒涼とした家だ。

　両親の部屋のドアは開いていた。ドアを大きく押し開けて中をのぞき込んだモリーは、再び過去に押しつぶされそうになって息をのんだ。昔と同じ茶色のリノリウム張りの床。淡いベージュ色のカーテンも部屋の隅に置かれた鉄枠のベッドも、そしてその上の壁にかけられた木製の十字架も昔のままだ。

枕《まくら》に寄りかかっていた母親が、人の気配を感じてフランネルのネグリジェを着た腕を上げ、すぐにすとんと落とした。「キャディーなの?」

　弱々しい声にショックを受けつつベッドに歩み寄ったモリーは、ダンの言葉が誇張ではなかったことを知った。ヒルダ・パゲットはもともと大柄な女性ではなかったが、長年の苦労に加えて病気や怪我が重なり、骨が浮き出るくらいにやせ細っていた。

　長い間抱えていた怒りは消え去り、悲しみと後悔の念で胸がいっぱいになる。「ママ、私よ」

「モリーなの?」ヒルダは体を起こそうとしたが、うめくような声を発して再び枕に体を沈めた。くぼんだ瞳が光っている。「モリー、戻ってきちゃいけないわ! みんながまた噂話を始めるわよ」

　モリーは喉をごくりとさせて体をかがめると、母親の頬にキスし、額に落ちた髪を撫《な》で上げた。「話させておけばいいわ。私はママの看病をしに帰ってきたの。それ以外は関係ないわ」

「看護師が一日に二回来てくれるし、隣のキャディーが毎日朝と夜やってきて、必要なものがあれば買い物もしてくれるわ。それに、アリス・リビングストンが昼にスープを運んでくれるの」そう言いながらも、母親はモリーの手をしっかりつかんで放さない。「私が怪我をしたって、どうしてわかったの？」

「町のソーシャルワーカーが、ママの新しい主治医に言われて電話をかけてきたの。どうして電話をくれなかったの？　ママが怪我をしても、私が知らないふりをすると思った？」

「あなたがこの町を嫌っていることを知っているからよ。ここに戻ってくるのはつらいでしょ？」

「今でもこの町は嫌いよ。これからもずっと」

「じゃあ、なぜ普通の母親のように、あなたを捜しに行きもしなかった私のために戻ってきたの？」

「それはママがまだ私のママだからよ。それにパパが死んでしまったから……」

ここを離れている理由がなくなったとまでは言わなかった。その必要がなかったのだ。父親のジョン・パゲットはしょっちゅう身近にある物をつかんで振り回し、大声で怒鳴りながらモリーを家から追い出した。ずっと前から父と娘の間に深い敵意が潜んでいることを知らない近所の陰気な住人たちは、モリーに対して少しの哀れみも感じていなかった。

冬の雪と寒風の中、モリーは薄いセーターを着て手編みの室内ばきをはいただけの格好で、何時間も震えていた。夏の夜は家の裏手の茂みに隠れ、父親が眠るのを待って自分の部屋にこっそり戻った。

父娘の喧嘩《けんか》を見ても近所の住人は同情のかけらすら見せず、道路にまで出て争っている父娘を、したり顔をして玄関で眺めていた。〝かわいそうなジョン・パゲット。恥知らずな娘を持ったうえに、自分は片足だなんて！　あんな手に負えない娘は、死に方も尋常じゃないでしょうね〟！

モリーが帰ってきたと聞いたら、彼女が父親の墓の前で喜びのダンスをするのを見に、みんなが墓地に集まってくるに違いない。父親が死んでモリーはうれしかった。あんな父親は死んで結構だ。

「パパがあなたを怒ってる時、私が何も感じていなかったなんて思わないでね」ヒルダの瞳は、やせ細った肉体よりも痛々しさを感じさせた。「パパに何も抗議しなかったことで、ずっと苦しんできたの。あなたに見捨てられても当然だと思っているわ」

「ママを見捨てて、ほらごらんなさいなんて近所の人に言わせてたまるもんですか！」変えることのできない過去だが、精いっぱい明るく振る舞うしかない。「悪いけど、ママがよくなるまで私はここにいるわ。それに私一人じゃないのよ」

ヒルダは入り口でうろうろしているアリエルに目をやり、興奮した口調で言った。「アリエルを連れてきてくれたのね？　モリー、孫に会える日が来るなんて思ってもいなかったわ！」

　母親の切望するような瞳、そして哀れなくらい感謝を込めた言葉に胸が疼《うず》き、モリーは込み上げてくる感情を必死で抑えた。モリーが感情的になってしまうと、アリエルは泣き出すに違いない。モリーはアリエルを手招きした。「いらっしゃい、アリエル」

　十歳の子供とは思えない落ち着いた態度でベッドに歩み寄ったアリエルは、ヒルダをのぞき込んだ。

「こんにちは、グランマ。車が電車に衝突して怪我をしたなんてかわいそうに」

　ヒルダの瞳に涙が浮かんだ。「驚いたわ！」骨張った手でアリエルの小さな手を包んだ。「十八年前に戻ったみたい！　あなたは十歳の時のママにそっくりね。とてもかわいかったのよ。モリー、大きな茶色の瞳もこの美しい髪も、この子はあなたにそっくりだわ。私に似てなくてよかった！」

　アリエルはモリーの父親にも似ている。しかし、そんな不愉快な事実には触れたくない。モリーはアリエルの肩に手を置いて言った。「荷物を片づけていらっしゃい。夕食をママが作っている間グランマには休んでもらって、食事ができたらこの部屋で一緒に食べましょう。いいかしら、ママ？」

「大歓迎よ」呼吸が浅くなっているのに、笑顔だけは明るく輝いている。「ベッドで食事をするなんて初めてよ。あなたのパパが生きてた時には、とても無理だったわ。昨日の今ごろとは比べ物にならないくらい、楽しいことが期待できそうね」

どうやって母親の部屋を出て階段を下りたのか、モリーは覚えていない。胸を詰まらせたままコートかけの陰に隠れ、ポケットからティッシュを取り出した。だがどんなに涙をふいても、自分を責める気持ちは収まらなかった。

今さら涙を流しても遅いわよ、モリー・パゲット。

二階のベッドに寝ている哀れな母親を厳格な父親から守ってあげられるのはあなただけだったのに、彼女が夫に立ち向かう勇気がないのを知っていながら、あなたは彼女を置き去りにしたわ。薄情な娘。どんなに非難されても当然よ。成長したアリエルが同じようにあなたを捨てたらどう思うかしら？

きっと破滅してしまう！　モリーにとってアリエルは一番大切な存在なのだ。

だがヒルダには夫がいた。そしてどんなに厳しく理不尽な要求でも、夫の命令が最優先された。夫との生活にめげそうになると、ヒルダは電話をかけてきた。家を出た時から、モリーは手紙を通じて母親に居場所を連絡していた。そしてたまに受け取る母親からの返事は、まるで返事を出すことを渋っているかのような手紙だった。十一カ月前に最後に受け取った手紙は、暗記できるほど短いものだった。

愛するモリー。こちらの冬は厳しくて、キッチンの水道管が先週は二度も凍結し、魚も値上がりしました。キャディー・ブーデレの孫が、かわいそうに気管支炎になってしまったの。先週はリビングストンの家の煙突が燃え、危うく家まで火事になるところだったわ。テレビが壊れたけど、見たい番組もないから買い換えないことにしたわ。それで週に一度は図書館に通おうと思います。クリスマスにキルトが四枚売れたから、臨時収入がありました。四月だというのに、十一月から降り始めた雪がまだ続いています。パパは凍った道路で滑るのが怖くて、家から出ようとしません。あなたと孫の健康を祈っています。　愛する母より

いつもと同じように、モリー親子の様子など尋ねず、アリエルの成長に対する興味も感じられない。ただ健康を祈ると書いてあるだけだ。明らかに無関心な様子が感じられて、モリーはさらに強い怒りを覚えたものだ。だが、ベッドサイドにいるモリーに気づいた時の母親の心からうれしそうな顔を見ただけで、怒りは消え去ってしまった。どうして母はどうでもいいことを書いてきたのだろう？

突然、モリーは手紙の行間に孤独が潜んでいることに気づいた。家族の愛と絆《きずな》をあきらめてしまった女性のむなしさが。モリーは再び罪の意識に襲われた。

「私は帰ってきたわ、ママ」モリーは濡《ぬ》れたティッシュをポケットにしまいながらつぶやき、暗い廊下をキッチンに向かった。「過去の親不孝を償うつもりで、これからはママを幸せにしてみせるから」

キッチンはまったく変わっていなかった。モリーが子供のころにすでに古くなっていた冷蔵庫が、まだ隅に置いてある。シンクの奥には昔から使っている二口ガスコンロが、そして狭いスペースにこの世

で最も醜いクローム製のキッチンセットが置かれている。テーブルの表面はグレーの合成樹脂でできていて、椅子の座部は赤いビニールで覆われている。唯一新しいものは、裏口近くの壁にピンで留められたカレンダーだ。それですら日付だけは現在だが、ほかの部分は以前にあったものによく似ている。

　食品棚に缶詰のトマトスープがあった。冷蔵庫にはチーズ、バター、マヨネーズ、そしてパンが入っている。モリーはオーブンの下のキャビネットに昔からしまってある鉄製のフライパンを取り出した。もう遠い昔の話だが、モリーは苦労していた時代に、手元の食材でそれなりの料理を作る方法を覚えた。ホットスープにグリルドチーズサンド、それにティーをつければ今夜の夕食になる。

　やかんのお湯が沸騰し始め、モリーがフライパンのサンドイッチをもう一度裏返した時、裏口のドアが開いて冷たい風が足元から吹き上げた。だがキッチンに侵入してきた女性の冷たい視線に比べたら、風の冷たさなどなんでもなかった。

　キャディー・ブーデレは昔から笑顔を見せない女性だったが、今の彼女は唇の両端を引き下げ、不愉快そうな顔をしている。「あんたが帰ってきたって聞いたよ」低い声で言った。「この町では悪いニュースはあっという間に伝わるのさ」

「お会いできてうれしいわ、ミセス・ブーデレ」思ったとおり、ここでは何も変わっていない。モリーが十歳になった時から、近所の住人たちは彼女を不良として見ていた――野良猫のように倫理観のない彼女は、いずれ悪女になるに違いないと信じていた。温かく歓迎されるはずがない。「何かご用？　それともちょっと挨拶にお寄りになったの？」

「相変わらず口がうまいわね！」キャディーはほうろうのキャセロールをテーブルの上に乱暴に置き、巨大なバストの前で腕を組んだ。「あんたの母さんに夕食を運んできたんだ。あんたが自分の食事しか作ってないといけないからね。人のことなどお構いなしで、自分のことしか考えない人だから」

キャディーの頭の上でキャセロールをひっくり返したい衝動にかられる。だが家に戻って最初の夜に争いを起こしたら、母の回復が遅れるだけだ。モリーは気持ちの高ぶりを抑え、腰に巻いたエプロン代わりのふきんで両手をふきながら言った。「母が退院してからとても親切にしてくださってるんですってね。それは感謝してますけど、私が帰ってきましたから、もう面倒はかけませんわ」

「面倒はかけないだって？　あんたが町に足を踏み入れた時から、面倒が起こってるんだよ。格好いい服を着て都会人のふりをしていても駄目さ。金持ちの旦那《だんな》を引っかけて、母親に迷惑をかけなかったからって何も変わっちゃいない。ヒルダはあんたがいてもいらいらするだけさ。あんたがいなくても一人でやっていけるんだ」

モリーが反論しようとしたその時、表の玄関のドアが開き、廊下をキッチンに向かって歩いてくる足音が聞こえた。そしてダン・コーデルが入ってきた。

「この町では許しを得ないで他人の家にずかずか入り込んでもいいの？」モリーが声をあげた。

「そんな必要はないのさ」キャディーが答える。「この町の人間に隠しごとはないから……普通はね。もちろん、その家の住人が誰かによるけど」

その場の状況を判断したダンが、執りなすように片手を上げた。「モリー、今日の仕事を終える前に、君が困ってないか見に来たんだよ。このにおいは君の得意なキャセロールだね、キャディー？」

キャディーの唇の端がわずかに緩んだ。「そうよ。あんたも食べたいなら家にもっとあるんだけど、ドクター」

ダンは口うるさいキャディーに向かって、窓の外のつらも解けそうな笑顔を向けた。「ありがとう。だが別の機会にするよ。今日は夕食の約束があるのに、すでに遅れそうなんだ。モリー、ちょっと二人だけで話せるかな？」

「ドクターの話をよく聞くんだよ」キャディーはショールで頭を包み、裏口のドアを勢いよく開けた。再び冷たい風が吹き込んでくる。「このドクターは信頼できる。事故に遭った時にドクターがいてくれて、あんたの母親はラッキーだったよ。私たちの信頼するドクター・コーデルなんだ」

キャディーが出ていくと、モリーは無言でダンを見つめた。つらい思いをしてきたせいで、口調がひねくれてしまう。「昔は同じように不良だったのに、あなたはなぜみんなに好かれ、私は嫌われ者のままなの？ 私も改心したかもしれないのに」

「多分、僕は君より、みんなの評価を変えようと努力したからだ」ダンはたくましい肩をすくめてみせた。「それとも僕がみんなを怒らせるようなことをしないからかもしれない。町に帰ってからほんの二時間で、君はもうお隣さんと喧嘩している。本当はひざまずいてキャディーに感謝しなくちゃいけないのに、僕が現れなかったら、彼女を殴り倒していたかもしれない」

ダンの言葉を聞いて、モリーの堪忍袋の緒が切れた。キャディー・ブーデレは事実を知ろうともせず、モリーを性悪女だと決めてかかっている。それなのに殊勝な顔をしたダンに、彼に比べると努力が足らないなどとお説教されるなんて耐えられない。

「あなたの話を聞いてると気分が悪くなるわ、ダン・コーデル！ ほかの人間に比べて自分は非の打ちどころがないとうぬぼれている人間にだけは我慢できないの。名前の前に〝ドクター〟をつけさえすれば過去を変えられると思っているんだったら、あなたはどうしようもない傲慢《ごうまん》な男だわ！」

2

「僕についてよく考えたことなんかないだろう、モリー?」モリーが包丁を持っていないことにダンは感謝した。持っていたら脇腹《わきばら》を刺されていたかもしれない。

「あなたのことなんか考えたこともないわ。強引に目の前に現れればいらだたしいと思うけど。さあ言いたいことを言って、さっさと帰ってちょうだい」

モリーが帰ってくると聞いた時、彼女と再び顔を合わせても関係ないと思っていた。忘れるぐらいずっと前に、短い間モリーとつき合ったことがあったが、あのころの激しい気性も年月を経て穏やかになり、精神的にも肉体的にもまるくなっていると思っていたのだ。昔ほど目立って美しくはないだろうし、すぐに自制心を失うこともないだろう。最初は苦労したが今では成功しているとヒルダから聞いていたので、昔の敵意など忘れていると思っていた。

だが、すべて間違っていた。あのころより今のほうがずっと気性が激しい。黒髪を揺らし茶色の瞳をぎらぎら光らせながら、狭いキッチンでダンに怒りをぶつけている。

キャディーが心臓発作を起こしそうなくらい興奮していたのも無理はない! ハーモニー・コーブの真面目《まじめ》な人たちにとって、思いのままに怒りを表現するモリーは、理解できない存在なのだ。

「僕がいらだたしい男なら、君は我慢ならない女だな」反論すればさらなる攻撃を受けるとわかっていたが、ダンは挑戦したい衝動を抑えられなかった。「僕が医者だというせいで君が吐き気を催すのは申し訳ないが、事実だからどうしようもない。君が君自身を母親だと呼ぶ権利があるように、僕にも自分を医者だと呼ぶ権利があるんだ。それに過去が現状とどう関係あるのかが僕にはわからない」

「みんながあなたみたいに曖昧《あいまい》な記憶しかないとは限らないわ」ダンの期待に背き、モリーは冷静に言った。「この町に戻ってくることは、過去に足を踏み入れることなの。私が足を踏み入れるやいなや、早く出ていけとみんなが口をそろえて言ってるわ」

「君は突然やってきて誰でもかかってこいと喧嘩《けんか》腰になっている。それなのに、なぜ誰も歓迎してくれないと思うんだ。問題なのはみんなの君に対する認識ではなくて、君が住民に対していつまでも敵意を持っていることにあるんだ」

「好きで敵意を持っているんじゃないわ」

突然、モリーが無防備に見えた。彼女は見かけほど非情な女性ではないのかもしれない。彼女がその美しい瞳の効果的な使い方を知っているような女性でないとしたら、もしかしたら涙ぐんでいるのかもしれないとダンは思った。

モリーを抱きしめたい衝動を抑え、ダンは両足を踏ん張り両手をジャケットのポケットに突っ込んだ。

「だが、君がそれを選んでいるんだ。昔の友だちからの善意のアドバイスを聞いてくれないか、モリー？　肩肘張らずに、少し譲歩するんだ。そうすれば君が思っているような非難は受けなくなる」

「それが私と二人だけで話したかった話なの？　私にお説教することが？」

「これは診察料のかからないおまけだ。僕がここに来たのは、巡回看護師が郊外の農家で手間取っていて、ここに来る時間に間に合わないと連絡があったからだ。ヒルダが寝る前に二種類の薬を与えなくちゃいけない。僕が手順を君に説明してもいいし、それが嫌ならその時間に僕が戻ってきてもいい」

「薬をどうやって与えるかによるわ。注射をする必要があるんだったら――」

「それはない」思わず笑みが浮かぶ。「注射なら絶対君に頼まないよ。君が針が苦手なのはよく覚えているから」

「そう？」驚いたモリーの唇は、まさに開こうとしている薔薇《ばら》のつぼみを連想させた。

ダンは気持ちをそらすために、壁にかけられたカレンダーに視線を移した。「〈アイビー・ツリー〉でアルバイトを始めた最初の日に、割れたグラスで怪《け》我《が》をしたのを覚えてるかい？　僕は車で君を父のクリニックに連れていった。傷を縫う必要があると父から言われた君は気絶しそうだったね」

モリーは左の手のひらを上に向け、薄れた傷跡を右手の人差し指でなぞった。モリーは高価な服を身につけている。イヤリングもブレスレットも二十四金に違いない。だが指輪ははめていない。ダイヤの婚約指輪も結婚指輪も彼女の指にはなかった。

「あなたが覚えていたなんて驚いたわ」

ダン自身も驚いていた。何年も忘れていたのに、心の壁の割れ目から過去を懐かしむ気持ちが流れ出してきたのだ。二人が知り合った夏、モリーは太陽に愛されたピーチさながらに愛らしく、怪我をしている時ですら、もがれるのを待っている熟れた果実のように魅力的だった。だからダンは即座に彼女を父親のクリニックに連れていったのだ。「あの夏のことはよく覚えているよ、モリー」

モリーの顔がこわばった。「私は忘れたいことばかりだわ。当時はまだ若かったのよ」

「そう。僕には本当の年齢より年上だと思わせていたけど」

「あなたはとても無神経だった。私に飽きたって言うだけで十分だったのに、新しいガールフレンドを見せつけたりして。ほかのウエイトレスの目の前で、ガールフレンドにいろんな用を私に言いつけさせて私を侮辱したわ」

「僕の記憶力が悪いか、君が誰かと勘違いしてるかのどちらかだ。そんなことは覚えていない」

「彼女の名前はフランシーンよ。バイクの後ろであなたの腰に足を巻きつけてる彼女の姿は、獲物を狙《ねら》う大蛇みたいだった」

ダンは喉が詰まるくらい笑い転げた。「君はいつもそんな言い方をしたね。懐かしいな」

モリーは鋭い視線でダンを見据えていた。ダンが彼女を拒絶した時、見かけよりずっと傷ついていたのかもしれない。ダンはそう思った。

だがダンも傷ついていたことを彼女は知らない。モリーは二十歳だと言っていたが本当は十七歳であることを知ったダンは、けじめをつけなくてはいけなかった。当時のダンは大した男ではなかったかもしれないが、まったく良心がないわけではなかった。

「無神経で申し訳なかったね」

「かえってよかったわ」モリーはぶっきらぼうに言った。「あなたの本性がわかって。どこかほかの場所でやり直そうと、私に決心させてくれたもの」

「どういうふうに？」

モリーはすぐに口を開こうとして思いとどまった。頬をさらに紅潮させダンに背を向けると、ガスコンロのほうを向いた。「なんでもないの。あのころは二人がずっとつき合っていけると思い込んでいたんだと、大人になってからわかったということよ」

「それで君は町を出て、理想の男性を見つけた。そして新しい家庭を築いたんだね」

モリーは肩をすくめた。「私は理想の男性を見つけたわ。あなたは理想の女性に巡り合ったの？」

「結婚したかという意味なら、答えはノーだ」

「どうして？　妻にふさわしい家柄の女性がまだ見つからないのかしら？」

「そういう女性は見つかった」ダンはモリーの皮肉

を無視して答えた。「君のおかげでまた彼女との約束に遅れそうだということを思い出したよ」ダンはポケットに入っていた処方箋《しょほうせん》の用紙を一枚破りメモを書きつけた。「お母さんが寝る前に必要なことを書いておいた。薬は寝室のドレッサーの上のトレーにのせてある。何か心配になったら、オフィスに電話して。すぐに僕に連絡してくれるから。それから明日、僕と会うための予約を入れておくんだよ」

「時間があったら」モリーは反抗的な口調で答えた。

「時間を作るんだ、モリー。これはお願いじゃなくて命令だ。お母さんが心配なら、従うんだね」

　翌朝、約束の十一時半にクリニックに着いたモリーは三十分以上も待たされていた。ダンが病院に呼び出されていると聞かされた時、約束を取り消そうとしたが、考え直して待合室の椅子に腰を下ろした。

　勝手に家に訪ねてこられるより、ほかの医者とオフィスを共有しているクリニックで会うほうが絶対にいい。個人的な会話にならないし、彼がアリエルと顔を合わせるチャンスもない。

　母親の主治医になっているダンに再会した驚きはまだ消えていない。彼が近くにいると怒りっぽくなり、見苦しいくらい感情に翻弄《ほんろう》されてしまうのだ。

　そんな不安定な気持ちになるのは危険だ。口を滑らせて余計なことをしゃべってしまい、ダンにアリエルの父親について尋ねられるかもしれない。モリーはまだ心の準備ができていないのに。だが彼との接触は避けられない。母親の状況を自分なりに考えてみて感じた、昨晩ダンが来た時には思いつかなかった疑問や不安を、説明してもらう必要がある。

　それに、母親がモリーのために考えついた作り話の問題もある。アリエルのために、少しは真実を明らかにしたほうがいいとモリーは思っていた。

「みんなに説明する必要があったのよ！」裕福な夫

がいるという作り話にモリーが反対すると、ヒルダは反論した。「そうしないと、みんなの口を封じることができなかったの。あなたが町を出ていった本当の理由を知ってる人はいなかったけど、噂《うわさ》は広がったわ」

「でも誰かがアリエルに、なぜ父親は一緒に来なかったのかとか、父親の仕事は何かとか、彼女の姓が母親の結婚前の名前と同じパゲットなのはどうしてかって尋ねたらどうするの？」

「幼い子にそんなことを尋ねる人はいないわよ」

「詮索《せんさく》好きな人たちにとっては、絶好のチャンスよ」モリーは首を横に振った。「嘘《うそ》をつく必要があるんだったら、私がよその町で仕事を見つけたとか、単純な嘘にすればよかったのに。あの人たちの好き勝手に言わせて無視したほうがまだましだったわ」

「違うわ」二時間前だったら信じられないくらいの力強い口調でヒルダは言った。「もしあなたが刑務所に入ってるってアリス・リビングストンが聞いたらどうなると思うの？　噂をくい止めるには、あの人たちの聞きたくないニュースを広げるしかなかったのよ。あなたが裕福な男性と結婚したというニュースが広がると、あなたの話題にみんなは退屈して、別の噂の種を見つけ出したわ」

「まず、みんながママの話を信じたこと自体が信じられない！」

　ヒルダはにっこり笑い、モリーの手を自分の手で包んだ。「モリー、パパでさえ私の話を信じたのよ。だから真実は明かさなかったわ！　パパを止めなかった私をあなたは憎んでるから理解できないでしょうけど、あなたを追いかけているパパに手出しできなかった私も、あなたと同じようにつらかったのよ。ただ私の傷は表面上は見えない傷だったけど」

　長い旅に疲れて、アリエルは廊下の奥の狭い部屋で眠っていた。家の中は静かだ。カーテンが冷たい夜を遮り、ラジエーターの低い音だけが聞こえる。母と娘の心の壁が次第に崩れ始めていた。二人がお互いを信頼して話し合ったのは初めてのような気がする。モリーはそれまで口にできなかった疑問を、思い切って言葉にした。

「どうしてパパと離婚しなかったの、ママ？　どうして私を連れて家を出なかったの？　あんなひどい男とよく結婚していられたわね」

突然疲れた様子でヒルダは枕《まくら》に寄りかかった。

「世の中から百年以上も遅れたこの町で、私たちはひっそり暮らしてきたわ。あなたが生まれたのは私が四十三歳の時で、私の世代は離婚など考えられなかったの。それに、パパも最初から悪い人じゃなかった。結婚した時は優しい人だったのよ。でも事故がパパを変えてしまったの。片足を失い、そして仕事を失ってしまった。片足では海が荒れた時の漁船の上では何もできない。もう漁師のリーダー的存在ではないと知ったら、パパの心の中で何かが壊れてしまったの」

「かっとして私を追いかけてる時は、片足でもそんなに不自由ではなさそうだったけど」

「それは健康で人に頼らないあなたを見て、昔の自分を思い出したからだわ。怒りにとりつかれて、それで時々悪意のあることを言ったのよ」

「時々ですって？　パパに惨めな思いをさせられなかった日は一日としてなかったわ！　私を手に負えない子だったというなら、それはパパのせいよ」

母親はため息をつき、両手に力を込めた。「そう思い込まないで。あなたはパパに似たから美人になったのよ。すべてをパパのせいにしてると、あなたの人生がつまらなくなるわ。そしてかわいい私の孫まで影響されてしまう」

モリーはその夜、母親の言葉をじっくり考えた。ある意味では理屈に合っている。ハーモニー・コーブに帰ってきたことで、地下に眠る父親に今もなお、自分の考え方がゆがめられていることにモリーは気づいた。でもそれは彼女自身がそうされるのを許しているからだ。習慣を変えるのは容易ではないが、父親から自分を解きはなつにはそうするしかない。

　クリニックのドアが勢いよく開き、冷たい海風や粉雪と共にダンが入ってきた。「やあ、モリー」ダンは彼女の前を早足で通り過ぎると、受付のデスクで彼へのメッセージを受け取った。「僕のオフィスで待っててくれないか？　すぐに行くから」

　だが、ダンがオフィスに入ってきたのは、十分ほどあとのことだった。

「まったく」ダンは古びたデスクの奥の、同じように古びた椅子に腰を下ろした。「朝から大忙しだ！」

「もう午後になってるわ」モリーは壁の時計に視線をやった。「私との約束は十一時半のはずよ」

「すまない」

「冗談だったのかと思ったわ」

　ダンは厳しさと甘さの入りまじった表情でモリーを見た。この表情を見た患者――特に女性患者は喜んで彼の言いなりになるに違いない。目には笑みが浮かび、長いまつげがブルーの瞳に影を落としている。モリーにはばかげているとしか思えなかった。

「赤ん坊というのは時間どおりには生まれてこないもんなんだ。それとも君の娘はスケジュールどおりに生まれてきたのかい？」

　アリエルの出生の話はダンとはしたくないが、彼はモリーの答えを待っている。にこやかな笑顔の下に、強い意志が潜んでいた。「そうじゃないわ」

「そうだろう！」ダンは辺りが明るくなるような笑みを浮かべ、引きしまった腹部に手のひらを当てた。「おなかはすいてない？」

「なんですって？」

「おなかはすいてないかって――」

「それは聞こえたわ。あなたがそんなことを尋ねる理由を知りたいの、ドクター」

ダンは目をまるくした。「お願いだから医者に対して身構えるのはやめてくれないか？　まるでレモンをのみ込んだような顔だ。僕は君をランチに誘っているだけで、君の心臓を切り開こうというんじゃないんだよ」

十一年前は私の心臓を切り開いてしまったわ。それなのに彼は得意になっている。「ありがとう、でも結構よ。アリエルが一人で母についてるから、必要以上に遅くなりたくないの」

「三十分ぐらい大丈夫だよ。君のお母さんをどうするか話し合うのにもそれぐらいの時間はかかるし、近くでサンドイッチを食べるだけだ」ダンはデスクの上の電話を、モリーのほうに押しやった。「アリエルとヒルダが心配なら、アリス・リビングストンに電話をして気をつけてもらうよう頼めばいい。毎日これぐらいの時間に、彼女は君のお母さんにスープを運んでくれてるんだ」

「歯を抜かれるほうがまだましだわ！」

ダンが再びにっこり笑った。「もう彼女に対して喧嘩腰になってるのか？」

「まだ会ってないけど、会ってもうれしい再会にはならないわね。それに彼女は母にスープを届けられないわ。誰が来ても絶対にドアを開けてはいけないって、アリエルにきつく言ってきたから」

「じゃあ、彼女たちは君が家に帰ってランチを作ってくれるのを待ってるのかい？」

ダンの誘いを断るには絶好のチャンスだが、いつかは彼と話し合わなくてはいけない時に、嘘をついても意味がない。「帰宅が遅くなる場合を考えてサンドイッチとミルクを用意してきたから、アリエルが母に食べさせてくれるわ」

「そんな責任を持たせるには、あの子はまだ幼すぎるんじゃないのかな？」

「アリエルは十――」

「十？」ダンは片方の眉を上げた。「つまりあの子は――」

「じ、十倍も能力があるのよ、あの子の二倍ほどの年齢の子よりも」一番大切な秘密を、危ういところで明らかにするところだった。罠《わな》に落ちるところだったわ！「それに私は外出している時は携帯をいつもオンにしているの。あの子がいつでも私に連絡できるように」

「しょっちゅう、彼女を一人にしてるような言い方だね」

「違うわ！　あなたには関係ないことだけど、学校や友だちの家から電話をする必要があった時に、たまたま私が家にいなかったら……」モリーの声が小さくなった。子育てに自信を持っている女性にしては弁解がましい言い方だと気づいたからだ。


　ダンもそう思ったのか、考え込んだ様子でモリーを見た。モリーは緊張してダンの言葉を待った。しかし、ダンはそのことには触れずに立ち上がった。

「それなら、君のお母さんの話をしながらランチを食べられない理由はないね」

　理由はあるのよ！　あなたと一緒にいるのは、空中で綱渡りをしているようなものだわ。しかも踏み外して落下しても助けてくれるネットがない！

　感情を必死でコントロールしなければ、きっと綱を踏み外すに違いない。しかも、ダンはことあるごとにモリーの邪魔をしている。「足元に気をつけて」

町の一番大きな通りのファンディ・ストリートの交差点に近づいた時、ダンはモリーの腕を取った。「滑りやすいから。君が滑って捻挫《ねんざ》でもしたら、お母さんの看病ができなくなる」

　モリーは寒さを防ぐのに十分なほど着込んでいたが、ダンの手の温かさは、コートやセーターを通して伝わってきた。それともダンはモリーの情熱に火をつけたただ一人の男性だから、夏の太陽のように彼女の体中が温かくなってしまったのだろうか？

「助けがなくても交差点くらい一人で渡れるわ」

「そんなブーツをはいていては無理だよ」ダンは明るい声で言った。「数日でもこの町にいるんだったら、もっと実用的なブーツを買ったほうがいい。ところで、どれぐらい滞在するつもりなんだい？」

「当然、母が私を必要とする間はここにいるわ」

「だったら、いつまでかかるかわからないよ。本当に覚悟はできてるんだね？」

「ええ」もう交差点を渡って雪のない道を歩いているのに、モリーの腕を支えたままでいるダンの手に意識が集中し、彼の仕かけた罠に気づかなかった。

　すでに雪がないことにダンも気づいていたが、モリーの動揺を利用しないではいられなかった。「でも、ご主人はどうするんだ？　僕がご主人だったら、遠く離れた場所で会ったこともない義理の母親の看病をしている妻に、一人暮らしも楽しいから大丈夫だなんて言えないよ」

「それが、あなたが私の夫でない理由の一つよ」モリーは、ダンの問いを上手に避けることができた自分を褒めたい気分だった。「あなたには私の夫としての資質が備わってなかった」

「そしてもう一つの理由は、僕が君の夫になろうと思わなかったことだ」すでにモリーの神経を極限まで緊張させているのに、ダンは彼女の心を完璧《かんぺき》に打ち砕いてしまう場所に入った。「さあ、入って。〈アイビー・ツリー〉は今でも町一番のおいしいクラブサンドイッチを食べさせてくれるよ」

　何年も演じていない役を演じるために、ステージに押し出された気分だ。台本以外はすべて昔と同じだ。パニックに襲われ逃げ出そうとしたモリーは、ダンの分厚い胸にぶつかり倒れそうになった。

無意識にダンのジャケットをつかみ、バランスを保とうとする。このカフェに特別な思いはないのだとなんとしてでもダンに信じさせなくてはいけない。

「マットにヒールが引っかかってしまったわ」

「そのブーツは役に立たないって言っただろう」

とんでもない！　急所を狙って蹴《け》り上げれば、相当痛いはずだ。得意になってると、ダンはその痛みを自分で経験することになるのに。

　自分の生殖能力が危険にさらされていることにも気づかず、ダンは店主に頼み込み、先客の二組のカップルをとばして暖炉のそばのテーブルに案内してもらった。窓際のテーブルに連れていかれなくてよかった。モリーがアルバイトをしていた時は、窓際のテーブルの担当だった。

「クラブサンドイッチとコーヒーを二人分」オーダーを取りに来た中年のウエイトレスにダンが言った。

「私はほうれん草サラダにして」自分のことを自分でコントロールできなくならないように、ちゃんと主張しておきたい。「それから紅茶を」

「砂糖とクリームは？」ウエイトレスが尋ねる。

「レモンだけで結構よ」

「僕には砂糖とクリームを頼むよ、シャーリーン」ダンが口を挟んだ。「甘い物はいくらでも欲しい」

　五十代と思われるシャーリーンは少女のようにくすくす笑い、ダンの腕を軽くたたいた。「まあ、ドクターったら！」

「どうすればできるの？」ウエイトレスが去ったあとで、モリーはダンに尋ねた。

　短く清潔に切りそろえた自分の爪を見ていたダンが顔を上げた。「できるって何を？」

「とぼけないで。あのウエイトレスは口先のうまい男性にだまされるような年齢はとっくに過ぎているのに、あなたにちょっと見られただけで今にも制服を脱ぎそうだったわ！」

「そうかい？」ダンはテーブルの上に手を伸ばし、モリーの指に触れた。「昔、制服を着ていた君がどうだったか思い出そうとしていたんだ」

「ちょっと下品だったんじゃないかしら」モリーは急に手を引っ込めた。「タイトスカートがすごく短かったような記憶があるわ」

「君の美しい長い脚を思い出すよ。そう言うと君は僕に近づいて唇にキスしてくれたね」

ダンのキスは忘れられない。愛し合っている時に、彼女の気持ちを激しくかき立てた。「全部忘れてちょうだい」モリーは真面目な口調で言った。「母の話をするためにここに来たのよ。母は階段の上り下りができないから一日中ベッドにいるわ。母が動き回れるようにするには、どんな方法が考えられるかしら？」

「まず車椅子が考えられる。その話はしたんだが、彼女の寝室には車椅子で動き回れるだけのスペースがないし、一階に行くためには階段を下りなくてはならない。だから、車椅子を使う可能性は低い。はっきり言って、入院していた時のほうが回復が早かったが、お母さんが嫌がったんだよ」

「母がもっと動けるようになれば、看護師さんに毎日来てもらう必要はなくなるのね？」

「そうだ。ベッドから起きるようになれば、薬をのむより回復はもっと早くなる。もちろん、喘息《ぜんそく》や骨《こつ》粗《そ》鬆《しょう》症の薬はのみ続ける必要はあるけどね。それにあと数週間は痛み止めの薬も必要だ。お母さんの回復が遅いのは、寝たきりの生活をしているせいだと僕は思う。閉じこもっていては、患者は元気になろうという意欲がわいてこないんだ」

「特にたった一人の血のつながった家族に捨てられた場合はそうだと言いたいのね？」

「ああ」ダンはモリーを見つめた。「君を傷つけたのなら謝るが、真実なんだよ」

食事が運ばれてきたので、モリーはテーブルから体を引いた。そして再び二人きりになると口を開いた。「事故が起こってすぐに連絡をもらっていたら、もっと早く戻ってこられたわ。実際に連絡があったのは、ひと月もあとだったのよ」

「ヒルダが承知しなかったんだ」

「母には私が一番近い存在なのよ。あなたは私に連絡する責任があったわ」

「僕は患者に対して一番責任がある。だがヒルダの意思に反して、ソーシャルワーカーに頼んで君に連絡してもらった」ダンは再びモリーを見つめた。「僕としては、そうしてよかったと思っている」

ダンの最後の言葉をどう解釈していいかわからないまま、モリーは目の前のしなびたほうれん草サラダをフォークでつついた。クラブサンドイッチにすればよかった。「母はまだ毎日あなたに診てもらう必要がある？」

「もう少しよくなれば、時々でいいと思う。でも急にいろんなことを変えないように。まずは、しばらくお母さんの状況を見てみようじゃないか。容態がよくなれば一週間に一度でいいし、さらによくなればもっと減らしても大丈夫だ」

「あなたが家に来てくれるんじゃなくて、私が母を車でクリニックに連れていってもいいかしら？」

「もちろん構わないよ。お母さんを無事に連れてこられればの話だが」

「レンタカーをミニバンと交換してもらうつもりなの。私は医者ではないけれど、診察を受けるためだけでもあの家から出たほうがいいと思うの」

「僕もそう思う。だがあと数日はベッドから出ないほうが賢明だ」

「母がどれだけ弱っているかわからないほど私は鈍感ではないわ」

ダンは肩をすくめた。「わかった。ほかにききたいことは？」

「今はないわ」

「じゃあ、今度は僕の問いに答えてほしい」

「もちろん」モリーはナプキンで口をふきながらダンの目を見据えた。「なんでもきいてちょうだい」

「君はお父さんについてひと言も話さないんだね。どうしてなんだい？」

「父を好きじゃないからよ。父が亡くなってよかったと思っているくらい。父が亡くなったとわかっていたら、なんとか我慢してお葬式に出席はしていたでしょうけど、それは私がいたほうが母の気持ちが楽だと思うからにすぎないわ」

「ずいぶんはっきり言うんだね」

「世間体のために嘘をつくのは嫌なの」

「だったら教えてくれるね。結婚してるのに、なぜパゲットの名前を使ってるんだ？　それに結婚指輪をはめてないのはどうしてなんだい、モリー？」

3

「質問が二つだけど」パニックでほとんど息ができないくらいなのに、冷静にしゃべれる自分にモリーは驚いていた。「どっちに答えればいいの？」

「両方とも答えてほしい」

〝夫なしで世間に立ち向かっていることにするより、夫をいないものにするほうが簡単よ〟モリーは昨晩の母の理論を思い出した。〝人にきかれたら、夫は亡くなったとかなんとか言えばいいわ。少なくとも未亡人だからって非難されることはないもの〟

〝この町では、それすらわからないわ〟！モリーは反論した。〝夫の資産を狙《ねら》って私が殺したと言われかねない〟

〝架空の夫を作るとしたら、お金持ちにしましょう。私がいつも言ってるように、夢は大きく持ってね。みんなが噂《うわさ》話をしたいんだったら、それにふさわしい話題を提供しましょうよ。モリー・パゲットがお金持ちになって帰ってきたという話題は、久しぶりにわくわくするようなニュースだわ〟

　二人は笑った。共犯者としての気持ちが、遅ればせながら母と娘の絆《きずな》を強くした。だがダンに正面から見つめられている今は、母親の計画はおもしろいともいい案とも思えなかった。

　夫が亡くなったことにするか、離婚したことにするかモリーは決めかねていた。未亡人にすると同情を招き、特に彼は医者だからさらに詳しく尋ねるに違いない。離婚なら珍しくないので、そう興味は持たれないだろう。

　本当は木の葉のように心が揺れていたが、モリーは芝居がかった態度で小さく肩をすくめた。明らかに嘘《うそ》になるような言い方は避けよう。「もうわかってると思っていたわ。結婚がうまくいかなかったから、結婚指輪もはめてないし、結婚前の姓を使ってるの。何年も前からシングル・マザーよ」

「なるほど」

　ダンが言葉以上のことを察したのではないかとモリーは不安だった。彼女は嘘が苦手だ。今みたいな説明では間抜けな人間すらだませないだろう。ましてやダンのように知的な男性をごまかせるわけがない。

「じゃあ、君だけが親権を持ってるんだね？」

「そうよ。何をそんなに驚いてるの？」

「最近では珍しいからだよ。幼い子供の親権は両方の親に認められるのが普通だ」

「両方の親がそれを望めばの話よ」

　あなたは望まなかったわ、ダン・コーデル！

〝現実を見るんだ、モリー〟八月のあの暑い夜、ダンはさも二人が合意のもとに別れるような言い方をした。〝いずれにしても僕たちがうまくいくことはないから終わりにしよう。来月、僕はヨーロッパへ行くことになっていて、一年か二年は帰ってこない。アメリカにいたとしてもまだ君と身を固める準備はできていない……〟ダンはため息をつき、つらそうな表情を作った。君より僕のほうがつらいんだと言いたげに。〝君はまだ十七歳だ。結婚を考えるには若すぎる。特に、将来何をしたいか決めていない男が相手の場合は急がないほうがいい〟

　すっかり違う人格になったダニエル・コーデル・ドクターが当惑したように首を横に振った。「自分の子供を望まない男性がいるなんて理解できないな。この数年間で約百人の赤ん坊を取り上げたけど、どの子の場合も感動したよ。僕は自分の子供が生まれてくるのを楽しみにしてるんだ」

「もう子供がいるかのような言い方ね」

　ダンは笑った。「まだこれからの話だよ。僕は子供を作るのは結婚してからという考えだ」

　それなら、私を誘惑して避妊し忘れた時は、あなたの良心というのはどこにあったのかしら？

「もうすぐ結婚する予定なの？」焼けた針金に貫かれたように胸が痛み、息が苦しい。

「すぐにではないよ。僕たちは二人とも仕事が忙しいからね。そのうち適当な時に結婚するつもりだ。君はどうだい？　再婚は考えてるの？」

「いいえ。子育てとビジネスが忙しくて……今は母の世話もしなくちゃいけないし。結婚して生活を複雑にしたくないの」

　ダンは角砂糖を二個とクリームをコーヒーに入れ、神妙な表情でかき混ぜた。「妊娠した時や子供が生まれた時は、ご主人がいてうれしかっただろう？」

　ダンの言葉はモリーの防御のすき間を抜け、彼女の心を真っすぐに突き刺した。もう二度とこの痛みには耐えられないかもしれない。

一瞬にしてあの時の不安がよみがえった。優しくて有能な医師二人と看護師三人がつき添っていた。どうしようもない痛み。ロブがつきっきりで励ましてくれたが、恐ろしいほどの孤独を感じていた。

モリーはダンにそばにいてほしかった。彼に額の汗をふいてもらい、陣痛がひどくなってきた時には手を握り、汗にまみれて消耗しているモリーを励ましてほしかった。そして何よりも、すべてが終わって沐浴《もくよく》を終えたアリエルがすやすやと眠っている横で、モリーを抱いてキスし〝よく頑張ったね、愛しているよ〟とダンに言ってほしかった。

「何をふさいでいるんだい？　君は一人で出産したなんて言うんじゃないだろうね、モリー？」

モリーは現実に引き戻された。薪《まき》が燃えている暖炉の確かな暖かさが伝わってくる。壁にかけた真鍮《しんちゅう》のプランターからは、アイビーが垂れていた。

「違うわ」つい最近起こった悲しい出来事を思い出し、モリーの声が震えた。「ロブがずっと一緒にいてくれて、優しくしてくれたわ」

「少なくともいい思い出はあるんだね」

ダンには知り得ないくらいいい思い出はあるが、彼の思っているような思い出ではない。モリーとロブの関係をダンは理解できないと思う。ほとんどの男性が理解できないだろう。

「もう本当に帰らなくちゃ」モリーは立ち上がった。個人的な話題になってきた会話を早く打ち切ったほうが安全だ。「あまり長くアリエルと母を二人だけにしておけないわ」

ダンもすぐに立ち上がり、一人で大丈夫というモリーを無視して、彼女にコートを着せかけた。ダンのコロンの香りを近くで感じたくない。うなじに触れられるのも、顔の近くで呼吸をされるのも嫌だ。白衣を着て消毒薬のにおいをさせながら、少なくともも二メートルは離れていてほしい。

「車まで送るよ」

「必要ないわ。道はわかってるから」

「それはわかってるよ」ダンはポケットからクレジットカードを取り出し、レジに向かった。「支払いを済ませたら車まで送る」

そのすきにモリーは急いで店を出たが、メイン・ストリートに出る直前に追いつかれてしまった。

「事情を知らなければ、君は僕と一緒にいるところを見られるのを怖がっているように思ってしまうよ、モリー」

「患者でもない人間と暇をつぶしているより、あなたにはやらなくてはいけないことがあると思ったのよ」

腕を握るダンの手から逃れることばかりを考えていなかったら、モリーは二人のほうに向かってくる女性にもっと早く気づき、落ち着いて道路を渡っていられただろう。ミセス・ダニエル・コーデル・シニアが不運な獲物を狙うからすのようにモリーに襲いかかる前に。

ミセス・コーデルは冷ややかな表情でモリーを見た。「驚いたわね、ダニエル」気取った口調に軽蔑《けいべつ》の響きが感じられる。「今ごろは病気の貧乏人の診察に追われているのかと思っていたわ」

「こんなところで会うなんて、母さん」ダンが言った。「モリー・パゲットを覚えてるだろう？」

「名前は聞いたことがあるような気がするけど、会ったことはないわ」美しい眉がかすかに寄せられる。「自殺するために電車に車を突っ込んだパゲットじゃないでしょうね？　本人は死んでしまったけど、奥さんが不自由な体になってしまったという？」

「憶測でものを言っちゃいけないよ」ダンはいらだちをあらわにして言った。「それと、母さんの記憶は間違ってるよ。彼女のご両親が事故に遭うずっと前に、母さんはモリーと会ってるんだ。十年前に」

「そうだった？　なぜ会うようなことになったのかしら」

「一度僕が食事に連れてきたんだ」

「ああ、そんなことがあったわね」ワイングラスとデミタスの違いがわからなかった女の子じゃないでしょうね？　まったく、ダニエル、頭がどうかしてしまったの？　彼女はそう言っているように聞こえる。「それで、あなたたちはまだお友だちなの？」

「とんでもない！」モリーはやっとダンの手から逃れた。「母が早く回復するように、ドクター・コーデルは私にどうすればいいか教えてくださっていたんです」

「本当に立派な息子なのよ。でもダーリン、息子が夢中になってるあの汚いクリニックのほうが、相談をする場所にはふさわしいんじゃないかしら？」

　不思議なもので、口調は言葉そのものより多くを語るものだ。イボンヌ・コーデルがモリーに向けて言った〝ダーリン〟は、相手を侮辱する言葉に聞こえた。

　ダンがモリーと同じ考えだということは、彼が母親を見ている視線でわかる。「何かあったら連絡するんだよ、モリー」ダンは母親を無視して続けた。「環境を大きく変える時は、その前に僕に電話をしてほしい。君の計画にお母さんが耐えられるかどうか確認しておきたいから」

「もちろんよ。ランチをごちそうさま」

「どういたしまして」ダンは手袋をはめたモリーの手を握った。「今度はすてきな場所で話し合おう」

　うれしいけれど、とんでもない話だわ！　そう自分に言い聞かせても、心臓がどきどきしている。ありがたいことに、ダンはモリーの動揺に気づいていない。「そんな暇があるとは思えないわ……その点ではあなただって同じね。忙しいドクターだもの」

ダンは笑顔でモリーを見た。温かく、簡単に人をその気にさせてしまう笑顔。「たまには休暇を取ってもいいんだ。積もる話をしようじゃないか」

　ダンの後ろでイボンヌが大きくため息をついた。冷たい空気が伝わってくる。〝またランチですって？　この雌ぎつねと？　そんなこと私を殺してからにしてちょうだい〟！彼女はそう言っているのだ。

　ヒールの高いブーツをはいているのに、軽やかに歩き去っていくモリーの後ろ姿を、ダンは落ち着かない気持ちで見送った。優雅で堂々としていて周りを威圧するような存在感が彼女にはあるが、瞳は違っていた。まるで怖がってでもいるように、警戒の色が濃く浮かんでいた。それが不可解だ。昔のモリー・パゲットはどんなに厳しい状況でも、不安のかけらすら見せたことがなかった。

　父親に殴られ、近所の人たちには悪口を言われ、ひどい仕打ちをされても、モリーは彼らに屈して哀れみを請うことはせず、果敢に反抗したものだ。胸を張り、髪を振り乱し、目を輝かせて言いはなった。天国があなたたちのような人間ばかりなら、地獄で火あぶりになったほうがましだと。そして憤慨している住人たちを見て、モリーは笑った。

　彼女を変えたのはなんなのだろう？

　いろんな理由が思い浮かぶが、すべて不安をかき立てるような理由ばかりだ。医者になってから、不幸な女性をたくさん見てきた――虐げられた女性は、自分が虐待されて当然の存在なのだと信じてしまう。

　モリーもそんな一人なのだろうか？　経済的に豊かだから、それを隠していられるのだろうか？

　わからない。だが、是が非でも突き止めてみせる。

「……なんとも許し難いわ、ダニエル！」

　モリーがワインレッドのトーラスに乗り込むのが見えた。通りを走る車の流れが切れるのを待って発車させると、交通ルールを無視してUターンし、そして街灯のように突っ立ったまま見とれているダンの前を、港に向かって走り去っていった。

「あんな女と！」母親がぶつぶつ言い続けていたことに気づいてダンは顔を上げた。モリーはあの美しい髪をいつ短くカットしたのだろう？　ショートカットが似合わないというのではない。むしろ今のイメージにぴったりだ。

「あなたのフィアンセの話をしてるのよ」イボンヌが言った。「あなたがコーヒーショップからあの女と腕を組んで出てきたのを彼女が見ていたら、どう思うかしら？　しかも〈ピエール〉での彼女とのランチの約束を、クリニックの受付の女性に断らせておきながら」

「サマーと〈ピエール〉で食事をする時間がなかったんだ」

「ミス・パゲットとの時間はあったの？」

「あったんじゃなくて、作ったんだよ」

イボンヌは耐え忍ぶような目を向けた。「そのようね。それはそうと、再来週の日曜日は私の誕生日だから、パパが〈ハーモニー・コーブ・イン〉でディナーを計画してるのよ。時間を作って参加してくれるかしら？」

「そうするよ。ゲリー・クラークが日曜日の当番を代わってくれると思う。突然の災害でもない限り、病院にいる必要はない」

「今まで何度その言葉を聞いたかしらね」

「仕方ないじゃないか。でも、僕が父さんの跡を継いで医者になると決心した時に、大喜びしたのは母さんだよ。医者の仕事に伴う責任を嘆くなんて矛盾してるよ」

「ダニエル、私の望んだ仕事というのは、貧民地区のクリニックでの仕事ではないのよ。パパでさえ、医者としての使命を果たすために、そこまではなさらなかったわ」

「そうみたいだね」ダンはまだモリーの車を目で追っていた。ワインレッドのトーラスは、道路の突き当たりにあるショッピングモールの駐車場に入った。

　母親は不満げに短く息を吐き出した。再び得意のお説教をして興奮しているのだ。「人生で本当の満足感を得るためには、バランスが大切なのよ、ダニエル。あなたにはそれが欠けているのが心配だわ。サマーは寛容だから、医者の妻としては理想的よ。あなたはなかなか結婚式の日にちを決めないけど、彼女がいつまでも待ってくれると思ったら大間違いよ。表面は穏やかにしてても、彼女だって内心ではがっかりしてるわ。つまり、彼女も私たちのように傷つきやすい人間なの。あなたが町の真ん中でほかの女性と腕を組んでいたということが、彼女の耳に届かないことを祈るのみだわ」

　母親の言葉は心に響いた。知的でさわやかな美しさを持つサマーは、よい家柄に生まれた者に与えられる自信を持っている。モリーが感じているかもしれない不安など、彼女には考えられない状況だろう。

　またしてもダンは、先ほどの疑問に行き当たった。モリーの美しい茶色の瞳を不安で曇らせているのは誰なのだろう？　それとも何かあったのだろうか？

　玄関から飛び出してきたその早さから判断して、キャディー・ブーデレはリビングルームの窓から外を見張っていたに違いない。モリーが車から降りるやいなや走り寄ってきた。

「どういうことなの！」わめきながら家の前の道を走ってきた。「あんたが出ていって長い間帰ってこないから、ヒルダがどうしてるかと思って見に行ったのよ。そしたらドアがロックされてるじゃないか。こんなの初めてだよ。そして郵便受けからあんたの娘が言ったよ、私の助けは必要ないって」

「娘はちゃんと私の言いつけを守ったんだわ。娘の態度が不満だったら、私に文句を言ってください」

「ウォーフ・ストリートに住んでるみんながあんたに不満を持ってるんだよ。十一年ぶりに高級そうな服を来て高級車に乗って現れても、本当のあんたがどんな人間か、みんなわかってるからね」

「いい加減にして！」モリーは車のトランクを開け、車椅子を引っ張り出した。

「奇妙なものを持ってきて」キャディーは恐ろしいものでも見るような目で見ている。「どうしようというんだい？」

「母をくりつけて坂を転がすんです。海に落ちる前に、誰かが止めてくれるといいけど」

不安そうなキャディーを無視し、スーパーマーケットで買ったものを車椅子に乗せて家に運んだ。

玄関でアリエルが笑顔で迎えてくれた。「急いで帰らなくてもよかったのに、ママ。電話でも言ったけど、おばあちゃん《グランマ》は大丈夫よ」

「安心したわ。退屈しなかったの？」

「ううん、とても楽しかったわ。ランチのあとでゲームをして、それからグランマの髪にブラシをかけてあげたの。グランマが、ママの子供のころの話をしてくれたわ」

「よかったわね。二階に行って、帰ったって報告してくるわ。それからケーキとお茶にしましょ」

「グランマは眠ってるわよ。それで階下《した》に下りてきたの。お皿を洗ってママを驚かせようと思ったんだけど、ママがその前に帰ってきちゃった。ママ、いいことを教えてあげましょうか？」

アリエルは顔を輝かせ、その場で跳びはねた。モリー自身が子供のころ、こんな笑みを浮かべたことがあっただろうか？　何にも邪魔されない幸せがあることなどモリーは知らなかった。自分の思いどおりに生きていける確信など持っていなかった。

「何、アリエル？」

「私、大人になったら看護師になって、病気の人の世話をするの。私の手には病気を治す魔法の力があるってグランマが言ったわ」

アリエルは少なくとも一箇所だけはダンに似たことになる。モリーは娘の柔らかな頬にキスした。

「あなたは正真正銘の魔法の力を持ってるわ」

ヒルダが昼寝から目を覚ました時には、外は薄暗くなっていた。「モリー、本当にそんなことを言ったの？」キャディー・ブーデレとの会話をモリーから聞いたヒルダは、息を詰まらせながら笑った。

「本当よ。彼女はまた私に難癖をつけたくてうずうずしていたんだもの。ママだって彼女をがっかりさせてほしくないでしょ？」

「彼女は即座にリンチ委員会を結成してるわよ」

「それとも私にそっくりの人形を作って火あぶりにするかしら。ママ、もう笑わないほうがいいわ」

「笑うことが一番の薬だって言われてるのよ」昨日からは信じられないくらい瞳を輝かせ、ヒルダはベッドの端ににじり寄った。「ねえ、あの椅子は飾っておくためにここに持ってきたの？　それとも乗って動くため？」

「外の坂道と同じくらい階段は危険だわ。ママは本気で私を信用してる？」

モリーは笑いながら言ったが、ヒルダは真顔になって答えた。「心から信頼してるわよ。世話を頼める資格のない私のために、この町の住人を敵に回す覚悟で帰ってきてくれたんですもの」

「過去は忘れましょ、ママ」モリーは母親の肩に腕を回して軽く抱きしめ、それから少しずつ母親の体をベッドの端にずらした。「今だけを考えるのよ。それからママが動けるようになることだけ」

ヒルダはやせ細っているし、アリエルも助けてくれるから簡単だと思っていた。だがベッドの横はスツールを置くスペースさえなく、離れた場所に置いた車椅子に移った母親は青い顔をして、苦しそうに息をしている。ベッドから車椅子に移っただけで、消耗してしまったのだ。

　だがヒルダは疲れた様子はおくびにも出さない。

「少し休憩すれば、廊下であなたと競争できるわ」

　母親の骨盤の傷が悪化したのではないかと不安になったモリーは、夕食の用意を始める前にクリニックに電話をした。診療時間は終わっていたが、その夜の当直になっているダンにメッセージを伝えてくれると交換手は約束してくれた。

　モリーはアリエルと一緒にヒルダのベッドルームに食事を運んだ。サーモン・ステーキにサラダとフランスパン、デザートはファンディ・ストリートのベーカリーで買った小さなフルーツタルトだ。七時過ぎに食事を終えた。まだダンからは電話がない。

　ヒルダは大丈夫だと言うが、明らかに元気がなくなっている。無理をしておいしそうに食事をしているのはわかっていた。八時になっても電話がないので、モリーは意を決して隣家に向かった。

「私がいなくちゃどうにもならないってわかってたわよ」モリーの説明を聞いたキャディーが言った。「そんなところに突っ立ってないで！　早くあんたの母さんをなんとかしに行くわよ」

　何はともあれ、キャディーは港湾労働者のようにスタミナがあり、脂肪の量と同じくらいの筋肉があった。状況を見て三秒ほど目をまるくしていたキャディーは、ヒルダが抵抗する間もなく軽々と抱き上げ、ベッドの真ん中に静かに下ろした。

「これでよしと！」キャディーは言った。「わかったでしょ、ヒルダ・パゲット。誰かさんがいない間、あんたを助けてきたみんなをそんなに早くしめ出しちゃ駄目だって」それからモリーのほうを向いて続けた。「ほかに私にやってほしいことは？」

「ないわ」モリーはできるだけ控えめな口調で言った。キャディーに心から感謝していた。「ありがとう、ミセス・ブーデレ。あなたがいなかったら、どうにもできなかったわ」

「もちろんよ！」キャディーは両方の手のひらを強く打ち合わせ、巨大なバストを揺すり上げたあとで部屋の中を見回した。「今度私を呼ぶ時はその役立たずのブーツで裏のフェンスを乗り越えてくるより、電話をしなさいな。雑誌に載ってるようなちゃらちゃらした服を着てても、それすらわからないなんて情けない！　髪だって短くて男の子みたいだ！」

そう言い残すとキャディーは堂々と階段を下り、裏口から外に出て勢いよくドアを閉めた。廊下に音が反響した。

八時半になってやっとダンがやってきた。モリーは遅くなったことを責めるつもりで待ち構えていたが、がっくり肩を落としている彼を見て言った。

「こんな時間に呼び出してごめんなさい」

「これが僕の仕事なんだ。ヒルダがどうかした？」

「ええ。母は認めようとしないけど、とても痛そうなの。私のせいで」

ダンの唇にかすかな笑みが浮かぶ。「今度は何をしたんだ、モリー？」

「ベッドから抱え上げて車椅子に座らせたの」

「君一人で？　頭がどうかしてるんじゃないか？」

「そうかもしれないわ」母親の苦しそうな表情やダンの疲れた様子を見て、モリーは罪の意識で胸がいっぱいになった。一日中仕事をして消耗しきったダンは、本来なら避けられた事態のために、ヒルダを往診しなくてはいけなくなったのだ。

「お母さんを床に落としたのかい？」

「そうじゃないけど」

「脅かさないでくれよ！」ダンは顔を手のひらで撫《な》で階段に向かうと、ついていくべきかどうか迷っているモリーを振り返った。「コーヒーをいれてくれないか、モリー？　お母さんの様子を見たあとで話をしよう。そんな心配そうな顔をしないで。お母さんは最初はもっとひどい状態だったんだから」

　ダンは三十分ほど母親の部屋にいて、それからキッチンに下りてきた。モリーはやっとの思いで尋ねた。「どうだった？」

「ゆっくり眠ればよくなるさ」ダンはカウンターに寄りかかり、コーヒーをいれるモリーを見つめた。「腰の痛みを和らげる薬をのませておいた。それ以外は何も問題ないよ。君にベッドから抱き上げられたことより、君がいてくれるといういい影響のほうが大きいみたいだ。お母さんは驚くぐらいに気持ちが明るくなっている」

「よかった！　どんなに心配したか――」

「気をつけてくれないと困るね」ダンはモリーを遮った。「もしお母さんを床に落としていたらどうなっていたか。環境を大きく変えるのは少なくとも二週間たってから、それも僕に相談してからだという約束だったろう？」

「車椅子が大きな変化だとは思わなかったの」認識の甘かった自分に腹が立ち、モリーは唇をかんだ。

「私が間違っていたわ」

「そもそもキャディーを脅してびっくりさせたりしないで、彼女の話を聞いておけば――」

「キャディーと言い合ったことを知ってるの？」

「ヒルダに聞いたよ」ダンは唇をかんだが、いつしか笑みが浮かんでいた。「明日の朝には近所中に知れ渡っている。そして君の名前に泥がつくんだ」

「構わないわ」

「僕は心配なんだ」

　狭いキッチンにいるとダンがとても大きく感じら

れる。二人の間に安全な距離を置くことが難しい。ダンの声が低くなったので、彼が近寄ってくるのではないかとモリーは不安になった。

「どうして？」なぜか気持ちが落ち着かない。

ダンは手を伸ばし、モリーの首の横に当てた。親指で彼女の顎を撫で、そして喉を軽くさすった。落ち着かない気持ちが動揺に変わる。「君が信じようと信じまいと、僕は君の友人だからだ。今、君は僕を必要としている」

ずっと前からあなたが必要だった！　ほかの男性に情熱を感じられなかったのも、眠れない夜を過ごしたのも、人知れず涙したのもすべてダンのせいだ。だが、それを彼に知られるくらいなら死んだほうがましだ。「いいえ、私は一人で大丈夫」

「助けを求めてもいいんだよ、モリー」ダンは優しい声で言った。「君一人で抱え込まなくてもいいんだ。誰だって時には他人の助けが必要なんだから」

モリーはマグカップをダンに差し出した。モリーに触れるより、カップを持っていてほしい。「あなたは違う。あなたは誰も必要としていないわ」

「いや」ダンは大きくため息をつきながら椅子に腰を下ろした。「今晩みたいな夜は、妻が二人分の食事を用意して待っていてくれる温かい家庭が欲しいと思うよ」

薄暗い廊下では気づかなかったが、ダンの瞳にわびしさが漂い、口元に深いしわが刻まれている。過去や現在がどうであれ、彼は悪でも善でもなく、痛みや悲しみを感じることのできる一人の人間なのだ。

そう思うと、モリーの心を閉ざしていた石の壁が急に崩れ落ちた。先のことを何も考えず、モリーはテーブルにかがみ込んでダンの腕を握った。「温かい家庭は無理だけど、話すことで気持ちが軽くなるんだったら私が話を聞くわ。何があったの、ダン？　何があなたを苦しめているの？」

4

ダンは両脚を開き、膝の間にモリーを挟み込んだ。誘惑するような動作ではなかったが、それでもモリーが思わずダンの腕を握った時の気持ちをはるかに超えた親しみが込められている。

「僕たちが出会った夏は」ダンは過去につながるトンネルを見つめているような目をした。「あまり誇りをもって思い出せるような夏ではなかった。実を言えば、まったく覚えていないことも多いんだ。もちろん、君のことは覚えている——」

「大勢の中の一人としてね」ダンの言葉に傷ついたモリーは言った。「いつも女性を追いかけていたあなたに覚えてもらっていたというだけで、光栄に思わなくちゃいけないんでしょうね。でも、今晩のこととそれがどう関係あるの？」

「順を追って話そう」ダンはモリーの両手を握った。彼の体はここに存在するが、心は遠く離れた過去にあるようにモリーは感じた。「あの年の九月、僕は友だち数人とヨーロッパに渡った。パリでレンタカーを借りて二年間の世界旅行に出発したんだ。一週間後、グルノーブル郊外の細い裏道を走っている時、のんびりとサイクリングを楽しんでいた四人家族の自転車に接触してしまった。母親の自転車の後ろの席には、一歳半の女の子が乗っていて即死だった」

「あなたが車を運転してたの？」

「違うが、僕の可能性だってあった」

「それで良心の痛みを和らげるために医者になったのね？　それってあなたに都合のいい罪滅ぼしじゃないこと、ダン？」皮肉に聞こえるとはわかっているが、徐々に近寄ってくる不安に対抗するには、そんな言い方をせざるを得なかった。

モリーはアリエルが一歳半の時のことを思い出した。ぽっちゃりとしてかわいく、モリーの広げた両腕にうれしそうに飛び込み、バスタブの中で歌にならない歌を歌っていた。彼女がいなかったら、モリーの人生は暗く意味のないものになっていたに違いない。母親は子供の死をどう受け止めればいいのだろう？　子供の死からどうやって立ち直ればいいのだろう？

「それからすぐに医学部に入ったわけじゃない。だが、当時は気づかなかったが、種はその時に植えつけられたんだと思う」ダンは視線を上げてモリーを見た。八月の深い海のような青をしているダンの瞳が、苦痛のために曇っていた。「赤ん坊を亡くして悲しんでいる母親と、彼女を慰める術《すべ》もなく呆然《ぼうぜん》としている父親を見て、僕は変わったんだ。生きていることや健康でいることを、それまでの僕は当然のことと考えていた」

ダンはまだモリーをしっかり捕まえている。彼が易々《やすやす》とモリーを動揺させることが彼女にとっては恐怖だった。彼の頭を胸にかき抱き、髪を撫《な》でながら慰めてあげたい。一瞬にして子供を失ってしまった家族、十一年たった今もその責任を感じながら生きているダンを思うと、目頭が熱くなってくる。

モリーは小声で言った。「今晩も赤ん坊が亡くなったの、ダン？」

「亡くなったのは二人だ。フラッツに住んでる十四歳の少女が納屋に隠れて堕胎しようとしたんだが、病院に運び込む前に出血多量で死んでしまった」

「まあ、なんてこと！」

ハーモニー・コーブの十五キロほど東に位置するフラッツという場所は、海風の強い荒涼とした場所で、貧しい農場がまばらに存在している。その地域の住人は外の世界との接触を嫌い、彼らの信念だけを支えに暮らしているのだ。

「今は二十一世紀なんだと大声で叫びたいよ！」ダンは怒りを抑えた声で言った。「あの子には選択の自由があったんだ。クリニックに来ていたら、助けてやれたのに」

「お医者様じゃなくて」モリーが口を開いた。貧しい家の子供の気持ちはダンよりずっとわかっている。「最初に家族に相談すべきだったんだわ。家族がその子をクリニックに連れていくべきなのよ」

「君が彼女の年齢で同じ状況に陥ったとしたら、お父さんに相談するかい？」

　ダンの言葉に完全に弱点を突かれ、モリーの顔に血が上り、全身が震え出した。それに気づいたダンは、射るような目でモリーを見つめた。

「十四歳で妊娠するなんて想像できないわ」明かしてはならない真実に触れそうになる前に、害のない事実に話題を変えよう。「私が十四歳の時に持っていたセックスの知識は、十歳の時にアレック・リビングストンに教えられたことぐらいよ」

　幸いなことにモリーの言葉は二人の間の緊張感をほぐし、ダンの関心を安全なほうに向けることができた。膝の力を抜き、ダンは驚いた表情で体を引いた。「君がたった十歳の時に、アレック・リビングストンはそんなことを教えようとしたのか？　なんというやつだ！　彼は何をしたんだ？　植木小屋の中で君に変な絵でも見せようとしたのかい？」

「ロブスター小屋の中よ。それに彼はそんな教養はなかったわ」自然にダンから離れたモリーはコーヒーマグをシンクに運んだ。「あなたは知らないでしょうけど、ウォーフ・ストリートに植木小屋はないわ。私たちは自分たちが雨露をしのぐことで精いっぱいなの。植木のために小屋が必要だと思うのは湖畔に住んでるあなたみたいな人たちだけよ」

「その話はもういいよ」椅子から立ち上がり彼女の

ほうに歩み寄ってくるダンの姿が、シンクの上の窓ガラスに映った。「話をはぐらかさないで」

モリーは無邪気を装って尋ねた。「もっとコーヒーをどう？」

「僕がなんの話をしてるかわかってるくせに。リビングストンの息子はどんなことをしたんだ？」

モリーはダンとシンクに前後を挟まれていた。片側横にレンジがあり、もう片方には裏口のドアがある。ロマンチックな場所ではないが、モリーは足から力が抜けてしまいそうになっていた。

ダンの体温とモリーの体温が絡まる。キスを想像しただけで、モリーは彼の体が欲しくてたまらなくなった。体中の皮膚が、彼の愛撫《あいぶ》を待ち望んでいる。

モリーは目を上げ、わざと露骨に言った。「女性のあそこを見せてくれたら、自分の男性自身を見せてあげるって言ったのよ」

思惑どおりムードは壊れた。ダンの胸が大きく膨らむ。吹き出すのをこらえているのだ。「それで君は」ダンは息を詰まらせながら、笑いを隠すように顔を背けた。「どうしたんだい？」

「顔の真ん中にパンチをお見舞いしてやったら、彼は顔から血を流して泣きながら帰ったわ。あとで彼の母親が私の父に言いつけに来たの。私が彼の童貞を奪おうとして、彼が言うことを聞かなかったから私が彼を殴ったって。ずるいアレックは殉教者のように同情され、私は暴行罪で非難されたわ」

「モリー！」ダンは涙を流しながら笑っている。

「そんなに喜んでくれてうれしいわね」その事件を昨日のことのように思い出せる。あばずれ女！　父親はそう叫びながらベルトを振り下ろし、モリーの脚に赤いみみず腫《ば》れを残した。「私の父みたいな父親がいたら、あなたも笑っていられないわ！　今日のその少女の気持ちが、私にはよくわかるわ……誰も味方してくれない孤独と不安を感じていたのよ」

ダンが突然、真面目《まじめ》な声で言った。「それが彼女の悲劇なんだよ。彼女は孤独でいる必要はなかったのに」

「どうして？　彼女に両親を頼る意思はなかったのよ。その赤ん坊の父親の話は聞いてないけど、もし彼が妊娠の責任の一端を担うと申し出ていれば、そもそも堕胎しようとは思わないはずでしょ」

「多分ね」ダンは突然モリーの頬に触れた。彼の指がモリーの耳から顎までなぞっていく。「いつからそんなに賢くなったんだ、僕のモリー？」

「私はあなたのモリーじゃないわ」だがモリーの口調は弱々しく説得力を欠いていた。ためらいもなく、ダンのことだけを考えていたころの記憶がよみがえり、思わず目を閉じた。

ダンが短く息をのむ音が聞こえ、彼の体に何かが走ったのを感じた。彼もあのころを思い出したのかもしれない。温かい息がかかるくらい、彼の唇が近くにある。キスを受けるためにモリーが顔を上げた時、声が聞こえた。

「ママ」キッチンの入り口にいるアリエルの泣き声が緊張を解いた。「喉が痛いの」

モリーがぱっと目を開くと、ダンがじっと彼女を見つめていた。緊張した数秒が過ぎ、ダンは落ち着いた様子でアリエルに歩み寄った。「いつから痛いんだい、おちびちゃん」

「さっき」アリエルは喉をごくりとさせ、顔をゆがめた。「目が覚めた時から」

ダンはモリーを振り向いた。「診てみようか？」

「駄目よ！」不安のあまり通常の判断力を失っていた。モリーは体をかがめてダンの前を通り過ぎ、アリエルとダンの間に入った。ダンを早く帰すべきだった。そもそも彼に電話をしたのがいけなかった！　ダンを頻繁にアリエルに会わせるわけにはいかない。

「この子に近づかないで！」

「診察しようとしてるんだよ、モリー。連れて逃げようとしてるんじゃないんだ」モリーの過剰な反応を、ダンはいぶかしんでいた。

　モリーはなんとか平静を取り戻した。「そんなことは思ってないわ。疲れているあなたに悪いと思っただけよ。それに喉の痛みなんか大したことじゃないし。アリエルは眠っている時に口で呼吸をしてるから、喉が痛いと言って目を覚ますことがよくあるの。お水を飲めばすぐ治るわ」

「少し顔が赤いから熱があるのかもしれない」

「子供は寝ている時は顔が赤くなるものよ」

「それならいいが」ダンはどうすればいいか決めかねているようだったが、肩をすくめてテーブルに置いたバッグを手に取った。「無理強いはできないけど、この子の様子には気をつけたほうがいいね。ここには飛行機で来たんだろう？」

「そうよ」

「飛行機の中では空気が循環してるだけだから、風邪の菌が繁殖しやすいんだ。明日の朝までによくなっていなかったら、医者に診せたほうがいい——僕が嫌ならほかの医者でもいいから」

「あなたを信用してないんじゃないわ、ダン。怒らせるつもりはなかったの」

「怒ってなんかいないさ。これからヒルダをどうするかという話はできなかったが、もう遅いから帰るよ。だが、君がどんな軽はずみな計画を立てているか、実行に移す前にチェックしたいね」

「約束どおり電話をかけるわ」

「君から電話がなかったら、僕からかけるよ」

　早くダンに帰ってほしかったモリーは、彼が出ていくかいかないうちにドアをばたんと閉めた。彼にはその理由がわかっていた。言葉には出さなかったが、モリーは秘密をもらしてしまったのだ。アリエルに関係がある——そしてダンにも。

理論的に考えれば簡単だ。ダンの追及を逃れるためにモリーがついている嘘《うそ》の数々は説得力がなく、彼がモリーやアリエルに近づくたびに彼女は不安のあまり過剰な反応を示す。

今考えると、すべて納得がいく。

ダンがヒルダの主治医と知って、モリーはびっくりしていた。そして彼が医者として有能かどうか調べもせずに、ヒルダの主治医を替えようとした。それにフラッツの少女に、異常なくらい同情していた。アリエルの喉を診察しようとした時も、ただそれだけのことなのに、モリーは大急ぎで彼とアリエルの間に割って入った。

車の横に立ったまま、ダンは夜の冷たい空気を胸いっぱいに吸い込んだ。リビングルームの窓のカーテンがわずかに開けられたのが視界に入る。モリーがのぞいているのだ。ダンがまた戻ってこないように見張っているのだろう。

もう遅いよ、モリー！　僕は秘密を知ってしまった。問題は僕たちがどう対処するかだ。

ダンは考え込んだまま車に乗り、坂の向こうに目をやった。突堤の先の外灯の光が、小屋の横に積み上げたロブスター捕獲用の仕かけを明るく照らし出している。あの小屋の中で、アレック・リビングストンはモリーから仕返しのパンチをくらったのだ。

そして今度はダン・コーデルがモリーに仕返しをされているように思える。ただアレックの場合との違いは、仕返しされるまでに十一年がたっていることだ。モリーと再会して、すでにダンの心に波が立ち始めていた。彼女が現れるまでは、サマーがいるだけで幸せだったのに。

サマーは医者の娘なので、彼の仕事を理解してくれている。彼女と結婚すれば、どんなに夜遅く帰っても静かで心地よい家庭が待っているだろう。テーブルにはクリスタルのグラスと皿が並び、おいしいワインと料理が用意されている。クラシックの曲が静かに流れ、ぱちぱち火をはねている暖炉が、寒い冬の夜を暖めてくれる。

　そのうち子供も生まれるだろう。健康な男の子と女の子が一人ずつ。ダンは二人の子供を抱きしめ、子供たちが健康に育っていることを神に感謝する。

　すべてが目の前にそろっていて、あとはダンが手を伸ばしてつかむだけでいい。それどころか、イエスと言うだけでホワイトカラーの人間を相手にしている、清潔で夜中に起こされることもないサマーの父親のクリニックで仕事ができるのだ。

　長い間ほうっておかれた病気を治療するために苦労することもないし、慢性の咳《せき》を肺炎になるまで放置していたために二歳の子供が亡くなることや、不潔な納屋で堕胎に失敗することも自分には関係ない。裕福な人間は夜中の二時まで待って医者を呼ぶことも、病気を悪化させる可能性のある民間療法に頼ることもない。彼らは医者を崇《あが》めているわけではないので、最後の手段として頼ったりしないのだ。

　ダンが望みさえすれば今のクリニックを辞め、貧しい人のために自分がやれることはやったと満足して、あとはほかの理想主義者に任せればいい。

　だが、大きな茶色の目をした、黒髪を三つ編みにした脚のひょろ長い十歳の少女に、どうやって背を向ければいいのだ？　あの娘がモリーに宿った夏の思い出を、どうやって忘れたらいいのだ？

　モリーとつき合い始めたのは、彼女が割れたグラスで手を切ってから一週間後のことだった。夜のシフトで、彼女がとても疲れていることにダンは気づいていた。そして彼女の情熱的でふくよかな唇、大きくて挑戦的な茶色い瞳、グリーンのストライプの制服に隠された豊かな胸の曲線、短いグリーンのスカートから伸びている長い脚にも気づいていた。仕事が終わった彼女を家まで送っていくと申し出た動機は、まったく純粋だったわけではなかった。

「きれいな夜だね」ハーレーにまたがって待っていたダンは、レストランの裏口から出てきたモリーに言った。「家に送る前に少し走ろうか?」モリーがバイクを見て断ろうとした時、ダンは続けた。「ポイントまで行って帰ってくるだけなら三十分とかからない。それにあまりスピードは出さないって約束するよ。百パーセント安全だ」

しばらく考えていたモリーは、いたずらっぽい笑みを浮かべた。長いまつげの下の瞳が輝いている。

「もちろん、いいわ」

ダンの後ろに乗ったモリーは彼の腰に腕を回し、彼が勢いよくバイクを発車させると、大声をあげて笑った。数分後に町を抜け、崖《がけ》の上の曲がりくねった道を走って、ファンディ湾を見下ろすポイントに向かった。夜の十一時近いためポイントの辺りには誰もいなかった。空には星がまたたき、遠くの波の音以外は何も聞こえない。

ダンを待たずにバイクを降りたモリーは柵《さく》を乗り越えて崖の端に立ち、夜を抱きしめるように両腕を差し出した。モリーの髪は夜の闇《やみ》のように黒く、水のように滑らかだった。

モリーの隣に立ったダンが言った。「いつもこんなふうに危険なのが好きなのかい?」

「安全だって言ったのはあなたよ」

「バイクの上は安全だけど、ここは危険だ。もっと崖から離れて。心臓がどきどきしてるよ」

「怖くなんかないわ」

「僕は怖い」ダンはモリーの腕をつかんだ。肌は冷たく、クリームのようにすべすべだった。星明かりにぼんやり照らされた横顔は神秘的で目を離すことができない。「君が三百メートルの崖から落ちて死んだなんてご両親に報告するのはごめんだからね」

「私が死んでも気にしないわ、少なくとも父は。私がいなくなったら喜ぶかも」

モリーの言葉は単に事実を述べているだけのようで、ひがみなどみじんも感じられなかった。両親の愛を疑ったこともなかったダンは、かえってモリーを哀れに思った。「こっちへおいで」ダンはモリーの手を引っ張って、彼と並んで手すりに座らせた。

「君みたいに若くて美しい女性が、そんなことを考えちゃ駄目だよ」

「同情はいらないわ」モリーは鋭い口調で言った。「お世辞を言う必要もないのよ」だがダンが彼女の腰に腕を回して引き寄せると、モリーは長いため息をつきながら彼に身を寄せた。

ダンの周りの女性はシルクかカシミアに身を包み、シャネルかパロマ・ピカソの香りがした。爪も髪もサロンで手入れされていて、ヨーロッパのスポーツカーを運転し、冬はバハマで過ごした。

あの時のモリーは制服を脱ぎ、コットンのスカートと半袖《はんそで》のブラウスを着ていた。髪は肩まで伸びていて、髪からも肌からも香水の香りはせず、ただ太陽と石けんのにおい、それからタイムの香りがした。あとで知ったことだが、彼女はタイムを小さなパウチに入れて、クローゼットにかけていたのだ。人込みで会ったら気づかないようなタイプだが、彼女の素朴な美しさが、ダンには新鮮に感じられた。

ダンは少しモリーに近づいた。ダンの腿に触れている彼女の腿から体温が伝わり、バストの横が、ダンの肋骨《ろっこつ》に押しつけられている。ダンが彼女の唇にそっと彼の唇を重ねると、モリーはためらうことなく顔を上げて彼のキスを受け入れた。

ダンはモリーが恥ずかしがると思っていたのかもしれない。それまでつき合った女性は無邪気なふりをするか、驚いたふりをしながら手のふさがっている男性のために彼らのズボンを下ろしてやった。そのどちらの場合も、ダンはどう対処すればいいかわかっていた。

だが、ダンは面食らってしまった。モリーは確かに無邪気だが、お芝居ではなく心から喜んでいるのだ。それはダンの想像すらしていないことだった。熱帯の花のように甘く熱い唇を開き、率直に舌を絡ませてくる。

モリーは喉の奥からため息のような声をもらした。彼女の肌は赤みを帯び、両手はダンのTシャツの胸を夢中でつかんでいる。体中の欲望が、ダンの体の一点に集中し始めた。

モリーのブラウスのボタンを外すのは簡単だった。コットンのブラの中にさっと手を差し込んで小さなつぼみに触れると、モリーは喜びのため息をもらしながら、頭をのけぞらせた。

通常、ダンは最初のデートであまり深入りはしないことにしていた。だがモリーは満足していない。ブラの紐《ひも》を肩から下ろし、両手でバストを抱え上げるようにして突き出している。薄暗がりの中で形のいいバストが輝いている。ダンのわずかに残っていた理性が崩れた。

モリーが平静をなくしている間にダンは片手で彼女のスカートを上げ、彼のズボンのファスナーを下ろし、彼女を膝の上にのせた。ダンを迎え入れる準備のできているモリーは、今にも声をあげそうだ。

ダンが体を引くと、モリーは彼にしがみついて抵抗した。ダンの髪の中に両手を入れ、彼の顔を彼女の胸に引き寄せる。ダンが胸のつぼみを口に含むと、モリーは短く息をのんだ。

半ば欲望の力に支配され、ダンはモリーの中に入ると一気に果てた。

奇跡的にモリーも同時に頂点に昇りつめ、事が終わったあともしばらく体を震わせていた。それが二人が体の関係を持った最初で、ダンが唯一避妊をしなかった関係だった。

今、暗く冷たい車の中であの夏を思い出し、ダンはモリーに対して再び肉体の高まりを覚えていた。粗野で情熱的なモリーに対して、洗練されたサマー。サマーはベッドの中でさえ上品に振る舞う。

ダンは自分に嫌気がさして車の窓を開けた。大西洋からの刺すように冷たい風がうなりをあげている。肺炎になっても当然の報いだ。

だが行動を起こす前に頭の中を整理してよく考えないと、三人の人生を破壊してしまうことになる。

サマーを簡単に排除するわけにはいかないし、モリーは不安になってこの町を出ていく可能性がある。何よりも父と娘の絆《きずな》を結ぶ方法を考えつくまで、アリエルとは距離を置いておくことだ。アリエルは自分の娘に違いない。だから親子としてあの子と一緒に暮らすつもりだ。そうすることでダンが今まで尊敬してきた人たちの信頼を失っても構わない。

5

モリーはその夜は眠らずに、次に取るべき行動を考えていた。とにかくダンをアリエルに近づけてはいけない。そのための最も安全な方法は、彼女を連れて明日朝一番のフライトでシアトルに発《た》つことだ。

問題は三つある。まず、シアトルでのモリーの住所が、ハーモニー・コーブ・ジェネラル病院に記録されていること。ダンはその気になれば、すぐに追いかけてこられる。二つ目は母を置いていくわけにはいかないが、母は長時間飛行機に乗れるような状態ではないこと。そして五十年前にジョン・パゲットの妻として敷居をまたいだ時からずっと、ウォーフ・ストリートの十七番地に住んできた母を説得するのは難しいこと。

それよりもっと大きな障害になっているのはダンだ。昨晩この家を出たあと、冷たい夜の闇《やみ》の中に長い間立ちつくしていた。悪い予感がする。はっきりした理由があるわけではないが、モリーは本能的に危険を感じ、彼の車が走り去ったあともカーテンの陰から離れられなかった。

夜が明け始めたころ、やっとモリーは眠りに落ちた。すでに計画はできていた。胸のときめきを犠牲にできるのなら、一時的な解決にはなる計画を。

お昼前に母親のベッドルームでコーヒーを飲みながら、モリーは尋ねた。「ママはこの家から離れる気持ちはまったくないの？　ほかの場所に住みたいと思ったことは？」

「考えたこともないわ」ヒルダは少し間を置いて続けた。「豪華な家ではないけど住み慣れてる家だからね」

強い反対を受けなかったので、モリーはさらに続けた。「アリエルと私が少し長く滞在するとしたら、もっと広い場所に移ってもいいんじゃないかしら？　それにこの部屋に閉じこもっている限り、一人で動けるようになるまでに二倍の時間がかかるわ。たとえママのベッドルームを階下《した》に移動しても、一時しのぎでしかないわ。生活の中で自然に体を動かせる環境が必要なのよ」

「引っ越すことで娘と孫を手元に置けるのなら、月にだって引っ越すわ。でもシアトルの店やアリエルの学校はどうするの？」

「店はエレインに任せてきたの。彼女は前から在庫管理や仕入れを見てくれているから大丈夫よ。アリエルには家庭教師を手配したわ。月曜日から金曜日まで一日四時間、勉強を教えてもらうことになってるの。だからママの返事次第なのよ」

ベッドのヘッドボードに寄りかかってこれからの

可能性を考えていたヒルダが突然、体を起こした。

「私を老人ホームに入れるつもりじゃないでしょうね、モリー？　あなたが思うほどこの家は広くないし豪華でもないけど、そんな理由で私はまだ独立した生活をあきらめたくないわ！」

「ママを老人ホームに入れるつもりだったら、私がここに残る必要はないでしょ？」モリーはいらだちを抑えて言った。「私はパパと違うのよ。相手の権利や意見を無視して自分勝手をしたりしないわ」

　少し納得したヒルダは枕《まくら》に寄りかかった。「この家からどこに引っ越すつもりなの？」

「〈ハーモニー・コーブ・イン〉よ」

「インですって？」色あせたブルーの目が、やせた顔の中で大きく見開かれた。「ばかなことを言わないで！　たとえお金があっても、床磨きの仕事でもするのでなければ、私たちはインには入れないわ」

「大丈夫よ、ママ。それに何があっても、これからは自分の家でさえママには床磨きをさせないから」

「きっと暮らしにくい――」

「暮らしやすいわ。そのために引っ越すんですもの。階段の上り下りもないし、歩行器で歩けるようになるまで、車椅子を自由に乗り回せる。暇な時はロビーで人の行き来を眺めているだけだって、今より刺激があるわ。アリエルと私も一緒にいるから、一人ぼっちじゃないし」

「いつからそんな考えを……」ヒルダは再び考え込んだが、彼女の顔にゆっくり笑みが広がるのを見て、モリーは母が承知したのを悟った。「キャディー・ブーデレが聞いたらなんと言うでしょうね！」

　二週間後の、初めて春の訪れが感じられた土曜日にモリーたちは引っ越した。その前の木曜日、その週の二度目の往診にやってきたダンにモリーは打ち明けた。

「反対する理由は何？」異議を唱えるダンにモリーは尋ねた。「母が肉体的にも精神的にも信じられない速さで回復してるって言ったばかりじゃない。数日前に、環境を変えるといいかもしれないとも言っていたわ。今はバンを借りてるから、定期的に母をクリニックにも連れていける。そうすれば今でさえパンクしそうなあなたのスケジュールから、一件だけ往診を少なくしてあげることができるのよ。認めてちょうだい、ダン」

親指で唇を撫《な》でながら考えていたダンが長い息を吐いた。「君の言うとおりだが、経済的に大変だよ」

「それは心配無用よ」モリーは厳しい口調で応じた。

ダンは肩をすくめ、聴診器をポケットに押し込んだ。「君がそう言うのなら。でもヒルダをベッドルームからバンまで、どうやって運ぶつもりなんだい……背負って階段を下りるか、それともパラシュートをつけて窓から下ろす？」

「まだ考えてないけど、大丈夫だと思うわ」

「君の自立心は立派だが、ヒルダをインまで運ぶ救急車を僕に手配させてくれないか？　そうすれば、お母さんを安全に運べる」

「そうしてもらうと助かるわ」

ダンの顔に魅力的な笑みが広がる。モリーは実際にめまいがして心臓の鼓動が速くなった。「任せておいて！　じゃあ今度はクリニックで会おう」

「ええ、月曜日に予約を入れておくわ。そうすれば、母の容態が引っ越しをしても悪くなっていないって、あなた自身の目で確かめられるでしょう」

ところが、モリーは日曜日にダンとばったり出くわすことになる。そして、それは楽しい偶然ではなかった。

〈ハーモニー・コーブ・イン〉は十九世紀初めに建てられた二階建ての豪華なホテルだ。ウォーフ・アベニューの先端に位置し、港を一望のもとに眺められ、遠くには灯台も見える。周りを囲む広大な庭の芝生は夏になると短く刈られ、幾年もの間、各国の要人たちをもてなしてきた。樹齢百年以上の楓《かえで》やにれの木が庭のそこここで見られる。長年風雨にさらされた建物の石の壁は貫禄《かんろく》があり、天井は太い梁《はり》で支えられていた。

　モリーとアリエルの乗ったバンを従えて、救急車がホテルの正面玄関に到着した時、真っ青の空を背景に、煙突から煙が出ているのが見えた。樺《かば》の木々が解けかかっている雪だまりの上に紫色の影を落とし、日よけのついた窓の下では水仙が淡いグリーンの芽を出していた。

　感激のあまり涙ぐんだヒルダは、フロントデスクでチェックインの手続きを待っているモリーの手を握った。「私は生まれてからずっとこの町に住んでいるわ」ヒルダはロビーを見回した。至るところに生花やアンティークの版画が飾られ、木の床は二百年以上にわたって多くの人々が行き来したために、シルクのような艶《つや》を帯びている。「でも、こんなに豪華な建物を見るのは初めてよ」

「完璧《かんぺき》だわ」母親と違って、モリーの注意を引いたのはグレーのユニフォームを着たドアマンやフロントのクラーク、そして一般の泊まり客の使う場所と、長期滞在の客の部屋のある場所を仕切っている鉄のゲートだ。モリーとダンの間を、そしてダンとアリエルの間を隔てる障壁がそろっている。

　モリーは一階のスイートを予約しておいた。ベッドルームが二部屋と、プライベートな中庭に面したリビングルームがついている。暖かくなったら、ヒルダが中庭に出て新鮮な空気に触れることも可能だ。

　リビングルームの暖炉の横に、二脚の安楽椅子と小さなソファーがあり、暖炉の脇《わき》には真鍮《しんちゅう》製の薪《まき》台に薪がのせてある。部屋の隅に置かれたアンティークのキャビネットの上にはテレビとステレオのセットが設置され、窓の横には小型のテーブルと椅子が四脚そろっていた。ウォーフ・ストリートの家の一階をすっぽりこのリビングルームに入れても余裕のある広さだ。

ベッドルームも広かった。各部屋にツインベッドが二つあり、ふかふかの羽根枕がいくつも重ねられ、手作りのキルトがかかっている。毎年冬になると、母親とキャディー・ブーデレが一緒にキルトを作っていたのを思い出す。各バスルームには数種類のローション、シャンプー、フランス製の石けん、ふかふかしたタオルが何枚も用意されている。

ダンが言っていたようにお金はかかるが、静養のためには完璧な場所だ。美しいものに囲まれて母親が喜んでいるのだからお金は少しも惜しくない。これでヒルダは気持ちよく静養できるし、モリーの秘密は安全に保たれる。

「夕食は部屋に運んでもらいましょう」モリーはランチの時、母親がホテルのダイニングルームで、車椅子に乗っている姿をほかの客に見られることより、着ている服を恥ずかしがっていたのに気づいていた。

ヒルダはそれまで特別な時に着るための服を買う余裕がなかったので、普段着しか持っていない。母親が昼寝をしている間、アリエルもジグソーパズルで遊んでいたのでモリーはショッピングに行き、日が暮れる直前にホテルに戻った。一人では運べないほどたくさんの箱やバッグを、ベルボーイにスイートまで運んでもらった。

「女王気分になれても、女王らしく見えなくちゃなんにもならないわ」贅沢《ぜいたく》だと抗議する母親にモリーは言った。「それにアリエルの服もあるのよ」

「そんな服じゃないほうがいいと思うわ」ヒルダは裾《すそ》と袖口《そでぐち》に羽根飾りがついた、スカーレット色のサテンでできたドレスに目をやった。「そんな赤い色の服をあなたに着せるなって、私はパパに命令されていたわ。男性を刺激するからって」

それが理由で、母自身も男性の注意を惹《ひ》きつけないような黒や茶色の地味な服を着せられていたに違いない。モリーは柔らかく滑らかなサテンのドレスを撫でた。「心配しないで。これは私のドレスよ。この服に刺激されて部屋のドアを蹴破《けやぶ》って入ってくるような男性はいないわ。ママとアリエルしか、このドレスを着た私を見る人はいないんですもの」

日曜日の夜七時、意気揚々とスイートを出た三人は客室とロビーをつなぐギャラリーを通って、格調高いクランベリー・ルームでのディナーに向かった。三つ編みを揺らしながらスキップしているアリエルのスカートが、長い脚の周りで揺れている。そのあとにモリーとヒルダが続いた。

ヒルダは彼女の瞳の色より少し濃いブルーのドレスを身につけ、日曜日の教会に行く時にはいていた靴をはいている。髪を洗ってセットし、口紅や頬紅をさしたヒルダは新しく生まれ変わったようだ。

わずか数週間前に沈んだ生活を余儀なくされていた時と打って変わって、ヒルダの声は明るくなり、表情も生き生きとしている。そんな母親を見て、モリーは別れていた長い年月を悔やんだ。わずかに思いやりを示し、新しい服を買ってあげただけで母親をこんなに変えてしまうことを知って、胸が痛んだ。

「今まで言葉にできなかったけど、愛してるわ、ママ。それから長い間、家に帰らなくてごめんなさい」モリーは母親の肩に手を置いて言った。

ヒルダはモリーの手を軽くたたいた。「あなたは過去の間違いで長く苦しんでいたのよ。そしてやっとあなた自身と私、それからあなたにつらく当たった人たちを許す方法を探し当てた。あなたはアリエルの父親が誰なのか教えてくれないけど、それはもうどうでもいいわ。ただ、これは言っておきたいの。

あなたが結婚しようとしなかったのは、過去を忘れられないからでしょ？　でも男性がみんなその男やパパみたいなわけではないのよ。私はいつかあなたがすてきな男性と結婚してほしいと思ってるわ。母親は娘の幸せを願うものなのよ」

　そんな話をしているうちに、三人は鉄のゲートに着いた。そしてゲートからメインロビーに足を踏み入れた瞬間から、事態は悪くなり始めたのだ。

「夫は必要ないわ。今のままで幸せだもの」モリーはアリエルのほうに目をやった。アリエルはガラス張りのキャビネットの中に飾られたビクトリア朝時代の人形に見入っている。モリーはアリエルに声をかけた。「アリエル、ダイニングルームに行くわよ。人形はあとで見たら？」

　アリエルは飛びはねるようにモリーのほうに体を向けたが、その時コートを預けてロビーに入ってきたグループに思い切りぶつかってしまった。

「気をつけなさい！」一人の女性がいらだちを隠して言った。イボンヌ・コーデルだった。隣にはダンと彼の父親、それから彼の両親と同じぐらいの年齢のカップルと、ダンに近い年齢の若い女性もいる。女性陣の中で転んだアリエルを気にしているのは彼女一人のようだ。

　若い女性が驚いているアリエルを助け起こそうと身をかがめたのと同時に、モリーは娘に駆け寄った。だが二人よりも早くダンがアリエルの腰を抱いて立たせ、彼女の耳に何かをささやくと、泣きそうになっていたアリエルはくすくす笑い始めた。

　彼の笑顔にふさわしい真っ白のシャツと濃紺のスーツを身につけたダンはとても魅力的だ。そしてもちろん、モリーの親指ぐらい大きいダイヤモンドの指輪をはめている心優しい若い女性がダンの婚約者だということは、彼女がダンに寄りかかり、彼の腕に手を回しているのを見れば誰にでもわかる。

彼女は背がダンの肩までしかない小柄な女性で、裕福な人間にしかない静かで控えめな美しさを備えていた。「お嬢さんが怪我《けが》をしていないといいんですけど」彼女は優しい口調で言った。「かわいそうに転んでしまって」

「まったく心配いりませんわ」モリーはダンの手からアリエルを奪い取った。「いらっしゃい、アリエル。おばあちゃん《グランマ》が待ってるわ」

　車椅子を自分で操作し始めて二日にもならないヒルダはうれしそうに車椅子を回転させて遊んでいる。「ドクター・コーデル！」モリーが止める間もなく、ダンに気がついたヒルダは手を振りながら猛烈な勢いでみんなのほうに向かってきた。イボンヌ・コーデルがびっくりして飛びのいた。「ここで私に会えるとは夢にも思ってなかったでしょ？」

　ダンは家族から離れ、瞳を輝かせているヒルダに歩み寄った。その隣でモリーは、不快感が顔に出ていないか心配しつつ立っていた。

「元気そうでうれしいよ、ヒルダ」ダンは喜びと不安の入りまじった口調で言った。「無理しちゃいけないよ、いいね？　症状がぶり返さないように」

「こんなに気分がいいのは初めてですよ。モリーのおかげで寿命が延びました」

「そう？」ダンはモリーをちらりと見ただけですぐに視線をそらせた。「それはよかった」

　無関心な態度を見せつけられ、安心すればいいのか怒ればいいのかモリーはわからなかった。「ご家族とお友だちが待ってらっしゃるわ、ドクター」

「すぐ行くよ」ダンは踵《きびす》を返した。「じゃあ」

「あんな優しいドクターに対して失礼だわ」これ以上何も起こらないようにと急いで車椅子を押してダイニングルームに向かうモリーに、ヒルダが髪を風に揺らしながら叱《しか》った。「いったいどうしたの、モリー？」

「ドクターが嫌いなの」

「どうして？　ドクターがあなたに何かしたの？」

ママは何も知らないからそう言うのよ！「何も」

三人のほうに挨拶《あいさつ》に近寄ってきた支配人を見て、モリーは再びため息をついた。

「やあ、モリー」アレック・リビングストンがそばかすの浮き出た青白い顔をにやにやさせながら、かん高い声で言った。「君が帰ってるって聞いたよ」

「同じ通りに住んでるアレックよ」ヒルダが言った。「覚えてるでしょ、モリー？」

「ええ」忘れられるわけがない！

「あなたがアリエルぐらいの年のとき、アレックがあなたの三つ編みをよく引っ張ってたわね」

ほかにも嫌なことをいっぱいしてたわ！「覚えてるわ、ママ」アレックの足の甲を、ヒールで思い切り踏みつけてやりたかったが冷たい視線でにらむだけにした。「テーブルに案内してくれる？」

「もちろんさ、モリー。君とお母さんと、その小さい女の子だけかい？」

「だから三人で予約したのよ」

アレックは尊大な態度で三人を暖炉の横のテーブルに案内し、メニューをテーブルにたたきつけるように置いた。「チェックしただけさ。君のご主人も来てるかもしれないと思ってね」

モリーは子供を連れて帰ってきたが、その父親の姿はどこにも見えないと、ウォーフ・ストリート中に噂《うわさ》が広がっているに違いない。

ダンのグループが入り口に現れた。アレックはダンたちを案内するために慌てて入り口に向かった。

「いらっしゃいませ」アレックはロイヤル・ファミリーでも迎えるかのように、ドクター・コーデルとその妻にお辞儀をした。「クランベリー・ルームにようこそお越しくださいました。こちらへどうぞ。テーブルにご案内します」

アレックのこびへつらっている態度は、モリーたちに対する失礼な態度と対照的だ。アレックは昔からそうだった——小さい時から喧嘩《けんか》好きで、彼より弱い者をいじめ、権力や名声のある者にはこびへつらっていた。そんな仕打ちには、もうモリーは慣れっこになっているはずではなかったか？

　メニューで顔を隠し、ヒルダは興味深そうに言った。「アレックのことも嫌いなのね？」

「大嫌いよ」声を落としもせずに答えた。「侮辱する気にもなれないわ。食事は何にする、ママ？」

　ヒルダはメニューを見るより詮索《せんさく》に忙しく、モリーからアリエル、そしてアレックにそっと視線を移すと、ショックを受けたように言った。「モリー！　彼が……そうなの？」

「とんでもない！」モリーは憤慨して声をあげそうになった。公の場所で食事をするたびにこんなことになるのなら、これから食事はルームサービスにしよう。「私にだって好みというものがあるわ！　さあ、彼のことは忘れて、何を食べるか決めましょ」

　サマーが冷静で穏やかな女性だとすれば、モリーは爆発寸前の炎のように激しい女性だ。チェリーレッドのパンツスーツに身を包み、金のチョーカーをつけたモリーは魅力的だった。彼女に唯一欠けているのは槍《やり》だ。片手に槍を持てば、敵と戦うプリンセスの絵そのものだろう。悲しいことに、彼女はダンを敵だとみなしている。

「いいこと、ダニエル。プライベートな時間には患者を寄せつけないほうがいいわ。それに、さっきの女性のように親しげにさせちゃ駄目よ」ダンの視線が暖炉の反対側のテーブルに向いてばかりいるのに気づいた母親が言った。「あの人たちは私たちとは違うタイプなんだから」

　モリーたちの耳にも届いているに違いない。ダンは怒りを抑えて言った。「僕とは同じタイプだ。それに彼らがいなかったら、僕は生活できないんだよ」

「そんな生活を続ける必要はないよ、ダン」ヘンリー・ウインスローが口を挟んだ。「わしのオフィスには君の名前を印刷した便箋《びんせん》まで用意してある。あとは君がわしの申し出を受けてくれさえすればいいんだ」

「それは結婚してからの話よ、パパ」サマーが穏やかに言った。「今ダンはイーストサイド・クリニックで頑張ってるの。患者さんも彼を慕ってるわ」

「ダンの父親もそうだったのよ、サマー」イボンヌはモリーに向けていた冷ややかな視線を和らげ、サマーのほうを見た。「でも、患者たちに立場をわきまえさせていたわ。このホテルも、そういうことを考えてほしいわね。あんな人たちと一緒に食事をしなくちゃいけないなんて思ってもいなかった。あの女性は」イボンヌは眼鏡越しにモリーを見た。「不作法な子供にきちんとマナーを教えるべきだわ。あの子は私を押し倒しそうになったのに、謝りさえしなかったのよ」

母親の最後の言葉を聞いて、ダンは突然激しい感情の波に襲われた。怒りと痛みが体の中で入りまじったが、こんな場所で大騒ぎをしてはみんなに恥をかかせてしまう。ダンはかすれた声で言った。「まだ小さい子供じゃないか！」

「あなたの小さいころは、あの子みたいにお行儀悪くありませんでしたよ」

僕の罪は人を押し倒すような程度のことじゃない。しかも僕の娘よりずっと年をくっていたのに、そんな過ちを犯したんだ。

ダンの気持ちを察したサマーが、彼の手に彼女の手を重ねた。ダンが贈ったダイヤモンドがキャンドルの明かりの中で光っている。「気にすることはないわ、ダン。大したことじゃないんですもの」

「そうよ」ナンシー・ウインスローが言った。「今晩はイボンヌの誕生日を祝うために集まったんだから、関係ない人たちのことは忘れましょう」

だが大事なことなんだ！　ダンはテーブルに拳《こぶし》を打ちつけて大声で怒鳴りたかった。〝母さんが邪魔者にしているあの子は僕の娘なんだ。そして母さんが無視しようとしている女性たちは、僕の娘の母親と祖母なんだよ〟！

自分の人生を自分で決める自由さえ今の僕にはないのだろうか？　何もなかったかのように、すでに周りは楽しげな話題に花を咲かせている。昔だったら、こんな状況を容認したり、今のように我慢などしなかった。

これが彼の生まれ育った環境なのだ。自分の楽しみのために他人を不当に非難する。ダンの周りの人たちは、モリーたちを無意味な存在だと思っている。

サマーだけがダンの気持ちに同情してくれているが、それが彼をさらに困らせた。母親に自分の娘を侮辱された今、彼とアリエルの関係を秘密にしておくことはとうていできない。

アリエルが自転車で転んで膝をすりむいても、バンドエイドを貼《は》ってやることもできない。怖い夢を見て夜中に目が覚めても、彼女を慰めてやることもできない。だが家族がアリエルを非難しているのに、父親の自分が黙っているわけにはいかないし、黙っているつもりはない。

ダン自身とアリエルのために、彼がアリエルの父親だという確証を得なくてはならない。早急にモリーに立ち向かうのだ。西海岸に帰ってしまう危険があるかもしれないが、このチャンスを逃すつもりはない。

問題はサマーを傷つけてしまうことだ。サマーをそんな目に遭わせたくはないのに。

6

母親とアリエルが寝たあと、モリーは三十分ほどゆっくりお風呂に入り、それから赤いサテンのガウンをはおってリビングルームでテレビ映画を見た。だが映画の登場人物を見ていても台詞《せりふ》を聞いていても、ディナーの時に受けた侮辱を忘れられなかった。

さらに悪いことに、ダンとフィアンセの仲のよさを見せつけられてしまった。ダンとつき合った二カ月の間、ただ一度愚かで残酷なことにモリーを家族の厳しい視線にさらした時をのぞいて、ダンは一度としてみんなの前でモリーとの関係をみせびらかすようなことはしなかった。それどころか人目を忍び、日が暮れたあとに〈アイビー・ツリー〉の裏の暗がりで会ったり、町から外れたへんぴな場所で会った。

十七歳のモリーは、ダンが彼女のためを思って二人の関係を秘密にしているのだと自分に言い聞かせていた。だから彼は町から八十キロも離れたモーテルに彼女を連れていくのだと。ある夜のこと、二人はベッドを共にしたあとに眠ってしまい、目が覚めたのは夜中の三時近かった。家に帰ったモリーは屋根を伝って彼女の部屋の窓から中に入ったが、中では父親が革のベルトを片手に待っていた。

どうされても構わない。ダンと共有しているものがあれば、なんにでも耐えられる。ダンとの関係は父親の折檻《せっかん》など超越できるほど大切だった。もしダンが家庭を持って落ち着くタイプの男性なら、その相手は自分しかいないとモリーは信じていた。

二十八歳になった今、モリーの考えは変わった。ダンは家庭を持って落ち着くだろうが、その相手は彼にふさわしい女性、公の場に出しても恥ずかしくない女性だ。昔もそれがわかっていながら認めようとしなかったのかもしれないが、今夜、はっきり見せつけられてしまった。

　それに加えてダンの母親たちの侮辱的な態度に我慢できずに、メイン・ディッシュが終わるとモリーは、疲れたように見えるからコーヒーとデザートはスイートに運ばせようと母親を説得しにかかった。

「私はとても元気よ」母親は反対した。

「でもドクター・コーデルが言ってたわ」彼の名前を口にするだけで吐き気がする。「無理をしちゃいけないって。それにアリエルも疲れてるだろうから早く休ませたいの」

　ヒルダはダイニングルームのドアの向こうに目をやった。アリエルはロビーで、人形を飾ったキャビネットをのぞき込んでいる。「私の目にはあの子は疲れてるように見えないけどね」

「ゆうべ、あの子が寝たのは十時近かったのよ。いつもはもっと早く寝るのに」

「まだ八時を過ぎたばかりよ。明日は日曜日で家庭教師が来ないから、アリエルも遅くまで寝ていられるわ。いったいどうしたの、モリー?」ヒルダは目を細めた。「私が違うナイフでパンにバターを塗ったのが恥ずかしいの?」

「ママ、そんなの気にしてないわ!」それ以上ごまかせなくなったモリーはテーブルに片肘をつき、手で額を押さえた。「実はアレック・リビングストンのにやけた顔に我慢ができなくなったの。それにダンの家族たちが隣のテーブルだなんて!」

「そんなの気にしないで楽しめばいいんだわ」

　モリーたちのほうに投げかけられる視線の裏に何があるのか読めないほど、母親は鈍感なのだろうか? それとも同じように母もわかっていたのだろうか? モリーが視線を向けると、年配の女性二人が見下したような笑みを浮かべながら視線を落としてておもしろがる様子は誰の目にも明らかだった。

自分が侮辱されるのは構わない。これまで傷つけられ恥をかかされて生きてきたのだから。だが母親や娘を笑い物にされるのは我慢できなかった。ダイニングルームに戻ってきたアリエルはダンに呼ばれ、うれしそうに彼のほうに近づいて話をしている。モリーの母性が危険信号をともした。

イボンヌがアリエルをさげすんだりしたら、彼女のその喉を切り裂いてやる！

背後で繰り広げられているドラマに気づかず、ダンはアリエルの脇腹《わきばら》を指でつついて言った。「喉の痛みはどうだい、おちびちゃん？」

アリエルはくすくす笑いながらダンの手を握った。

「よくなったわ。次の朝には治ったの」

ありがとうって言うのよ。しつけが悪いなんて言うチャンスをその人たちに与えちゃ駄目よ。

だがアリエルはモリーの心配に気づかず、信頼しきったようにダンの膝に寄りかかった。「私が病気になったら治してくれる？」

「もちろんだよ、おちびちゃん」ダンは慣れた様子でアリエルの三つ編みを直し、肩に落ちた髪を何気ない様子で払った。「いつでも治しに行くよ。電話をくれればすぐに行くから覚えておいて」

崇拝するような目で父親を見つめているアリエルに気づき、秘密を守りぬけると思っていたモリーの自信は、完璧《かんぺき》に打ち砕かれた。今までにも二人の息がぴったり合っている時があった。二人の絆《きずな》を断ち切るために何かしないと、結びつきはどんどん強くなっていく。

異様な雰囲気でのディナーはもう耐えられない。モリーは声をあげた。「アリエル、いらっしゃい。お部屋に戻るわよ」

「でも、ママ……」

「早く！」ヒステリックになっているモリーを見て

ダンの両親たちは呆《あき》れたような表情をしているが、そんなことは気にもせずにモリーはバッグをつかんで立ち上がると、ヒルダの頭がのけぞるくらいに急いで車椅子の向きを変えた。

　テレビの中では暗い家の中で男女が抱き合い、床に横たわる死体を恐怖のまなざしで見ていた。身の毛のよだつようなオルガンの奏でる曲が次第に大きくなってくる。繰り返し聞こえるノックの音がテレビの音ではなく、スイートのドアをノックしている音だとわかるまで数秒を要した。

　ガウンの裾《すそ》をはためかせながら狭い玄関ホールに出たモリーは、こわばった声で言った。「どなた？」

「ベルボーイです。ミズ・パゲットにお花をお届けに来ました」

「花なんて頼んでないわ」

「ホテルからのプレゼントです」

　なぜ夜のこんな時間に花を届けたりするのかしら？　不思議に思ったモリーはドアののぞき穴から廊下を見ようとしたが、視界は大きな百合《ゆり》の花束で遮られている。安心したモリーはロックを外してドアを開けた。「そこに置いてくれる？」玄関ホールの奥の壁際に置いてあるテーブルを指さす。

「かしこまりました」声の主の顔は花束に隠れて見えないが、その声が急に低くなった。「置いたら腰を下ろして少し話をしよう」

　スイートに入ってきたのはダンだった。簡単にだまされてドアを開けたモリーを、冷たい目で見ている。

　絶対に譲らないという表情のダンの目を見て、モリーは動揺した。

「こんなところにいていいの？」モリーは努めて平静を装った。ダンは瞬《まばた》きもせず、ねずみを追いつめた猫のようにモリーに近づいてくる。「ディナーの時にあなたの横にいた女性のダンスのお相手をしなくちゃいけないんじゃない？　大きなダイヤの指輪をはめていたし、いつもあなたに触れていたところから察して、彼女があなたのフィアンセね？」

「彼女には断ってきた」ダンはモリーから視線をそらさない。「わかってくれたよ」

「昔寝たことのある女性の部屋に押し入るためだとわかっても、理解してくれるかしら？」

「押し入ったんじゃない。君が自分の意思でドアを開けて中に入れてくれたんだ」

「あなたが私をだましたからよ」

「君が僕をだましたのと同じだ、モリー」

多分医学的には説明不可能だろうが、血液がすべて足に集まってしまったみたいで、モリーの頭の中は真っ白になった。体内の大混乱を静めようと、心臓が必死で血液を送り出している。手のひらが汗でしめり、舌が上顎に張りついて言葉がスムーズに出てこない。「あなたをどうだましたっていうの？」

「アリエルのことで僕に嘘《うそ》をついていた」

「嘘？」彼の策略にのって、慌てて秘密をばらしちゃ駄目よ！　モリーは唇を舌先でしめらし、かすれた声で言った。「なんの話か見当もつかないわ！」

ダンはモリーを玄関の隅まで追いつめ、逃げられないように片手を壁について見下ろした。「じゃあ、僕が説明してあげるよ。僕があの子の父親だと信じるに足る理由がある」

モリーは恐怖にひきつった顔でダンを見た。これが全部悪い夢であってほしい。

テレビから聞こえるオルガンの音が大きくなっていく。かん高い叫び声。落雷の音。

「僕の言うとおりなんだろう？」

「違うわ！」モリーは反抗的な目でダンをにらんだ。ダンの言葉はすべて推測で、確信を持っていることは一つもない。その事実がモリーに理性を保たせていた。「あの子があなたの子供だって、どうしてそう思うの?」

「君の言葉や動作でわかったんだ。以前の君は僕を怖がってはいなかった。僕が君のお母さんの回復のために全力を注いでいるのに、なぜ君は僕を恐れているんだ? 僕をアリエルに近づけないために君はできるだけ早く、できるだけ遠くにアリエルを連れていってしまう。それは僕のせいだろう?」

「あなたはお酒を飲みすぎて想像力がたくましくなってるのよ」

ダンはモリーの腕をつかみ、彼女の手首の内側に指先を当てた。「脈拍がとてつもなく速くなり、上唇に汗が浮かび、目に不安の色が浮かんでいる。これは君がパニックに陥ってる証拠だと医者の僕にはわかるんだ」

「あなたとお医者様ごっこなんかしたくないわ、ダン。それは十七の時に卒業したの」

ダンはモリーの腕を放し、小さく笑った。「さあ、モリー、白状するんだ! それともアリエルが僕の娘だと証明するために、裁判所に申し出てDNAテストをするかい?」

「やめて! あなたが作り出したいい加減な話を正当化するために、あの子を裁判所に引っ張り出させたりしないわ!」

「君は立派な母親なのに、なぜ娘に父親が誰かを知らせないようにしてるんだ?」

「アリエルに父親は必要ないわ!」

「あの子がそう言ったのか? 君自身がお父さんを必要ないと思っていたから、それをあの子に押しつけているんじゃないのかい?」

逃げ場を失い、モリーは声をあげた。「どうしてこんなことをするの? 私の子供を奪わなくても、あなたはなんでも手に入るじゃない。父親になることがあなたにとって大切なんだったら、フィアンセに子供を産んでもらえばいいんだわ。私の子供に手を出さないで！」

「モリー！」ダンは優しくモリーを抱き寄せ、彼女の背中を撫《な》でた。それは追いつめられるよりももっと彼女を無力にした。「僕は君を脅しに来たんじゃないんだよ、僕のモリー。それに無理強いしてるわけでもない。ただ真実を知りたいんだ」

〝僕のモリー〟その言葉がモリーの心を打ち砕いた。月だけが二人を見ている無人のビーチや野原で裸で抱き合っている時、ダンはモリーをそう呼んでいた。けだるい目でモリーの体を眺め、それから手や唇で体中を愛撫《あいぶ》した。モリーは我を忘れて体を震わせ、愛してほしいとせがむのだった。

たったひと言で、忘れてしまいたい過去を思い出させるなんてずるい。彼は再びモリーを昔のモリーに戻してしまった！

「無理強いしてるわ」モリーは泣き出した。それまでの虚勢が、欲求不満のあまり涙に変わってしまった。「どうしてなの？　今ごろになって、どうして真実が知りたいなんて言い出すの？」

「過去の過ちを償うのに、遅すぎるということはないからだよ」ダンは静かに言った。「償いが僕には重要なんだ。僕にとってあの子が大切なんだ。あの時、君が妊娠してると知っていたら、僕は君たち二人の面倒を見ていたと思う」

「あなたに面倒を見てもらう必要はないわ。私たちだけでちゃんと生活してるから。私はいい母親だし、経済的にもあの子に不自由はさせていないわ」

「そして僕はあの子の父親なんだ」ダンはモリーの顎を、手の甲で持ち上げるようにした。「そうだろう、モリー？」

逃げ場を探してあちこち走り回っても、硬いれんが塀にぶつかってしまう。

モリーは突然敗北感に襲われ、ダンにもたれかかって目を閉じた。「わかってちょうだい。今晩はこれ以上耐えられないわ」弱々しい声が自分の声とは思えない。「お願い……どうか帰って！」

「わかった」ダンは手を放した。「帰るよ」

「本当？」ほんの一瞬、モリーは救われた思いがした。私のほうが上手だった。ダンに勝ったのだ！

「今はね。だが戻ってくる」

「どうして？　なんの意味があるの？」モリーはダンの目の前で再び抵抗しようとしたが、途中であきらめた。

「どうしてだと思う、モリー？」ダンは厳しい表情で言った。「真実を知るためだよ。だから君と明日会って――」

「明日は忙しいの」

「僕もだ。だからクリニックの仕事が終わったあとで夜、会おう」

「夜も予定があるわ」

「君は嘘つきだな、僕のモリー。でもそれが本当なら、予定を取り消すんだ。六時に迎えに来る。もし君がいなかったら、戻ってくるまでここで待ってる――必要なら夜中までも。君はそんなことは望まないはずだ。君がいない間に僕がアリエルや君のお母さんに何をしゃべるかわからないから」

「それって脅迫なの？」

一瞬考えたあとでダンは肩をすくめた。「そうかもしれない」

「それで？」

「明日、六時に迎えに来る。遅れないで」ダンはモリーの頬にキスするとゆっくりドアに向かい、部屋から出ていった。

　アリエルや母親の前で言い争うのを避けるために、モリーはホテルのロビーでダンを待った。そしてやってきたダンの車に、彼が車から降りて彼女のためにドアを開ける間も与えず急いで乗り込んだ。

車は海岸沿いに五十キロほど南に下った小さな町の、海に突き出た突堤の先端に作られた風変わりなレストランに向かった。「ここなら誰にも邪魔されない」ダンは砂利を敷いた駐車場に車を入れながら言った。

　空気が澄んでいるので、静かな海面の向こうの空に、水玉模様のように星が輝いているのが見える。沖合には錨《いかり》を下ろした漁船がゆったり浮かんでいた。低い平屋の窓の向こうで、キャンドルの明かりが揺れ、薪《まき》の燃えるにおいが辺りに漂っている。

　本当のデートだったら、この素朴な環境をロマンチックだと感じるに違いない。「誰にも見られないと言いたいんでしょ？」

　ダンは唇をきつく閉じ、モリーを横目で見た。「喧嘩《けんか》を売るのはやめるんだ、いいね？　君と一緒にいるところを見られるのが嫌だったら、僕は君をここには連れてこない。ここはハーモニー・コーブの人たちにも人気の場所なんだ」

　店内の客を見るとそうとは思えない。「通常、月曜日はお客様が少ないんです」ウエイターが二人を奥の、海が見えるテーブルに案内しながら言った。「食事の前にカクテルになさいますか？」

「いや」モリーが口を開く前にダンが答えた。「食事と一緒にワインだけ飲むことにするよ。サラダとロブスター・テルミドール、それからルイ・ラトゥール・シャドネーをボトルで」

　ダンの言葉が終わらないうちに、別のウエイターが焼きたてのパンとバターをテーブルに置いていった。数秒後、最初のウエイターがワインのボトルと氷の入ったワインクーラーを持って戻ってきた。テイスティングでダンの了解を得たウエイターがグラスにワインを注《つ》ぎ、二人の料理を厨房《ちゅうぼう》に伝えるために奥に消えたあと、モリーは怒ったようにテーブルに身を乗り出した。

「カクテルが欲しかったわ」本当にカクテルが欲しいわけではなく、ダンの独断的な態度に反抗したかったのだ。「それから自分の料理ぐらい自分でオーダーできるから、おせっかいは焼かないで。将来のミセス・コーデルは喜ぶかもしれないけど私は違うわ」

「それは残念」ダンはパンをひと切れつまんだ。

「話をはっきりさせるまで、君を酔っぱらわせるわけにはいかない。僕たちが納得いく結論に達したあともまだ飲みたかったら、好きなだけ飲めばいい」

「私はグラス一杯のシェリーの話をしてるだけで、人事不省に陥るまで飲もうというんじゃないわ！　それに納得いく結論ってなんのこと？　私は現状で十分納得してるからお構いなく！」

ダンはワインのグラスをゆっくり回してから口につけた。「昔は父親であることを証明する方法はいい加減で、男性が子供の父親ではないと証明するのは可能だったが逆の場合は難しかった。最近のテストでは、子供の父親であることを証明できるようになったんだ。その男性と同じ血液型の男性が何人いても、当人を確定できる」

「何が言いたいの？」

ダンは顔を上げ、何気ない様子でモリーを見た。

「ＤＮＡテストが進歩したということだよ。血液検査すらしなくていい。爪の小さい破片や皮膚の細胞をほんの少し採取するだけでいいんだ。髪の毛だっていい。たったそれだけで殺人犯や腐敗した死体……または子供の父親を間違いなく確定できる」

昨晩、ダンがアリエルの三つ編みで遊んでいた様子が、ありありとモリーの脳裏によみがえった。アリエルの肩に落ちた髪をダンは払っていた――もちろん意図的ではなかったと思うが、彼の追及をはねのけても、彼にとってＤＮＡテストのサンプルを採取することはいとも簡単なのだという印象を受ける。

ダンはモリーの表情をじっと観察している。モリーの頬が赤みを帯び、こらえていた息がもれた。

「もっと続けたほうがいいかい、モリー？　それとも僕の話を中断して、正直に打ち明ける心の準備ができた？」

モリーは膝の上で握った拳《こぶし》を見つめていた。何をどう話したらいいのだろう。もう言い逃れはできない――ダンは真実を知っているのだ。

静かな口調でダンは続けた。「心配しないように言っておくが、あの子を君から奪おうとしてるんじゃないんだ、モリー。そんなことじゃないんだよ」

「じゃあ、どんなことなの？」

「実際にはあの子は僕たちの子供なんだ。気にするなというほうが無理だ」

「好きなだけ気にすればいいわ」モリーはかすれた声で言った。「そして私たちをほうっておいてちょうだい！　そうしないと、あなたの生活を脅かすことになるわよ。この話を聞いたら、あなたの婚約者がどう思うか――」

「彼女はサマーという名前だ」

「サマーは繊細で優しい女性みたいだったわ。あなたがアリエルの父親だって公表するつもりなら、彼女はどうするの？　それともこれは秘密にしておいて、理由もないのに他人の子供にお金を出してあげる匿名の足長おじさんにでもなるつもり？」

「それだけを僕が望んでいるんだったら、ここで君から真実を聞き出そうとはしていないさ。美しい女性と食事をしているところを人に見られて、必要ない噂《うわさ》の種をまくような危険を冒しはしないさ。君が言ったように口座を作って、匿名で時々金を振り込むこともできる」

「じゃあ、何をしたいの？」

「僕もまだわからない」ウエイターがサラダを運んできた。「まず、サマーに話をしなくてはいけないんだろうな。彼女は知る権利がある」

「それで彼女が婚約を破棄したら？」

「多分、彼女はそうすると思うよ」

「あまり悲嘆にくれてないみたいに聞こえるわ」

「サマーはとても保守的な両親から厳しいしつけを受けて育った一人娘なんだ。彼女は冷静に結論を出すと思う。法的に認められていない娘のいる男性との結婚は、彼女の住む社会ではとうてい受け入れられないことなんだ」

「その子供がアメリカ大陸の反対側に住んでいて、あなたの生活に影響を与えないとしても？」

モリーが藁《わら》にもすがる気持ちでいることが、ダンにはわかる。ダンはサラダを脇によけ、正面から彼女を見据えた。「君が希望を持っているんだったら言っておくけど、僕は名前だけの父親になるつもりはないんだ、モリー」

「シアトルに引っ越すつもりなの？」

「いや、君にここに住んでほしい。ハーモニー・コーブでなくても、近くの町に」

「私の生活をあなたに合わせろというの？」モリーは軽蔑《けいべつ》をあらわにして言った。「あなたはやっぱり変わってないのね。昔、私があなたとつき合っていたころと同じように自分勝手だわ」

「僕は娘のことを知りたいんだ。そして娘にも僕を知ってほしい。父親の代用として時々現れる母親の友だちではなく、本当の父親として彼女と接したいんだ」

不安のあまりさらに強い怒りに襲われたモリーは、ナプキンをほうり投げ、勢いよく立ち上がった。

「私の気持ちも考えずにあなたが自分の要求ばかり並べ立てるのを、静かに聞いているつもりはないわ」

「僕から逃げても何も変わらないよ、モリー」

「十一年前、私に飽きたあなたが私から逃げた時はうまくいったじゃない！」

「君はわずか十七歳だったんだ！　僕にはそうすることしかできなかった」

「私の感情を考えてのことだったって、よくずうずうしく言えるわね」モリーはしわがれた声で笑った。「私とセックスをする時もそうだったの？　なんて立派な人なの！」

ダンの態度が揺らいだ。「そんな言い方をしないでくれ」ダンは目を背けた。

「どうしてなの、ドクター？　正しい表現なのに。それとももっと正確な、〝交尾〟という言葉のほうがいいかしら？」

「やめるんだ！　それだけじゃなかったって、君も知ってるのに。それだけじゃなくて……」

「なんなの？　早く言って！　あなたはすべての答えを知ってる人なんだから、私をがっかりさせないで。あなたがどう正当化するか、私は息を殺して待ってるのよ！」

「自分を見せ物にするのはやめて座るんだ」ダンのブルーの瞳が光っている。

大人になったモリー・パゲットは人前で大騒ぎしたりしないはずだった。だがダンが彼女の昔の感情をよみがえらせたのだ。彼女の気持ちや意見は無視されるに決まっていると思う劣等意識もよみがえってしまった。

「どう見せ物になってるというの？」モリーはダンのワイングラスを取り上げ、ウエイターがダンの前に置いたばかりのロブスター・テルミドールの上にワインをぶちまけた。さらにその上に、最初から飲むつもりのなかった彼女のワインをかけた。そのほとんどは跳ねてダンのシルクのネクタイを濡《ぬ》らした。

レストランにいた客たちの好奇心に満ちた視線も気にせず、モリーはハンドバッグとコートを手にし、急ぎ足でレストランを出た。

7

　何が起こったかをようやく理解したダンは、つかめるだけの紙幣をテーブルの上に置き、ウエイターに謝りながら彼女を追いかけた。モリーはすでに駐車場にいた。

　彼女が車にたどり着いたところでダンが追いつき、コートの襟をつかんで振り向かせた。「君はどうかしてるよ」ダンの呼吸が乱れている。

「乱暴しないでちょうだい」ワイルドなジプシーのように激しく言い返す彼女の漆黒の髪のすき間で、金色のイヤリングが大きく揺れた。

　激しい怒りが少し和らぎ、ダンは笑みを浮かべた。

「膝にのせてお仕置きをしないといけないな」

「やってみたら。あなたの立派な遺伝子を残せる健康な精子をできなくしてあげるから。娘一人でも子孫を残しておいてよかったと思うわよ！」

　大抵の男は女性にここまで言われては性的障害を起こしかねない。だがダンは違った。生命力あふれる存在感や気性の激しさを感じて、男性としての気持ちが一気に高まった。

　空高く昇った月の光が辺りを明るく照らし、モリーの大きく見開かれた瞳の奥で燃え上がる情熱の炎まで見えそうだ。彼女が欲望のために身を震わせているのがわかる。ダンと同じくらい相手の存在を意識し、そして求めているのだ。

　敗北感と欲望の両方に襲われ、彼はモリーの体を力強く引き寄せると、彼女の唇に自分の唇を押しつけた。熱く甘いキスの感触が、ダンを十一年前に引き戻した。

　大西洋の波のように荒々しく野性むき出しの欲望

にかられ、完璧《かんぺき》に守っていたはずの理性を失ったダンは、十代の青年のように激しく彼女を抱きしめた。

　ボタンを外したままのコートの前を押し広げ、モリーの胸、腰、そして太腿に手を走らせる。柔らかなウールのドレスは彼女の体にぴったりとフィットしていて、その下の絹のように滑らかな肌の感触が生身の男性を誘っていた。

　二人の舌がまるでダンスを踊るように絡み合い、モリーのたまらない気持ちがあえぎ声となってもれる。モリーは長い指を、彼女にしかできないような巧妙さで彼の胴体に這《は》わせ、彼の高まりを包み込んだ。そして、ダンが我慢できなくなるまでもてあそんだ。

「モーテルがあるんだ」海岸を一キロ半ほど下った、白樺《しらかば》の間に立つ低い建物を思い出し、ダンはしゃがれ声で言った。

「遠いの？」彼の言葉の意味を察して、モリーが言った。

「五分かそこらで行ける」

「連れていって」ささやくように言った。「早く!」

彼女のぬくもりを失わないよう片腕を腰に巻きつけたまま車に乗り込み、ダンは曲がりくねった道を猛スピードで車を走らせた。海岸に突き出した道の先端に、まるで灯台のように空室を知らせる赤いネオンが光っていた。

　テレビ番組に熱中していたフロント係は、顔も上げずに金を受け取り、鍵《かぎ》を差し出した。

　時間がたてば情熱は冷める。苦しいくらいの欲情も、せめて彼に気をつけるべきことを思い出させるくらいに落ち着くものだ。だが待たざるを得なかった状況が、二人の欲望を燃え上がらせた。

　カーテンが閉ざされた暗い部屋に入ると、二人はベッドに倒れ込んだ。唇と手でお互いを求め、そして与える。ボタンやジッパーは外され、脱がされた服は床に落ちた。大切なのは、肌と肌が触れ合う感触、セクシーなムスクの香り、彼を待ち受けるモリーの肉体だけ。

　判断力を失い、先のことを考える余裕もなくなったダンは、彼女の中に体を沈めた。深く、深く……さらに深く体を沈める。やがて、正気と狂気の境が消失し、彼は激しく、荒々しくモリーを求め、そして目のくらむような喜びを得て果てた。

　しばらくの間、二人は足を絡ませたまま横たわり、呼吸が静まるのを待った。熱気が部屋に充満している。

　ダンはベッドサイドテーブルの時計に目をやり、義務感にかられて言った。「そろそろ送るよ」

「どうして？」モリーはかすれた声でゆっくり言った。瞳は潤み、美しい顔に赤みがさしている。

　三十六年の人生で、ダンは多くの誘惑の言葉を耳にしてきたが、たったひと言にふんわりと神経を包み込まれたのはこれが初めてだった。

　驚いたことにすでに肉体は回復している。ダンはモリーに短く、激しい口づけをした。まだ身につけたままのお互いの下着をダンが取り去ると、彼女はとがめるようにため息をついた。

　今度こそスマートに事を運びたいと思い、ダンはモリーをバスルームに連れていった。シャワーの水が熱くなるのを待って一緒に入ると、石けんを泡立て彼女の体を覆い始めた。

　モリーのすべてが美しかった。真冬にもかかわらず、彼女の素肌は夏の太陽の下で熟した杏《あんず》のような輝きをはなって、細くくびれたウエストに続くヒップは滑らかな曲線を描き、張りのあるバストは誇らしげにすら見える。

　彼女の美しさに夢中になったダンは、親指で胸を覆う泡をかき分け、薔薇《ばら》色のつぼみをあらわにした。

「母乳で育てたのかい？」声がかすれた。

「そうよ」喜びを感じ、モリーは頭をのけぞらせた。

「九カ月になるまで」

「安産だった？」

「いいえ。鉗子分娩《かんしぶんべん》だったわ」

ダンはモリーの引きしまった腹部を手でなぞりながら、その手を下降させた。「子供を産んだなんて信じられないな。まるで処女のようだ」

モリーは喜びの声をあげ、彼の手を隠された秘密の場所に導いた。「触って」シャワーのお湯が二人の体を伝って流れ落ちる。「昔みたいに私を愛して、ダン」

ひざまずいたダンは彼女の脚を少し開き、舌で彼女を包み込んだ。モリーはすぐに達して彼の髪をつかんだ。膝が震え体が痙攣《けいれん》している。

彼女のあえぎ声がシャワー室に響いている。ダンはシャワーを止め、タオルを彼女の体に巻いてベッドまで抱いて運んだ。「もう一度」彼にしがみついたままモリーは子犬のようにすすり泣いた。「お願い、ダン……今すぐ！」

「今度は」純白のシーツの上のモリーにダンは自分の体を重ねた。「君にふさわしい愛し方をしよう」

それは軽率な約束だとダンはすぐに悟った。モリーに触れ、唇を重ね、彼女の体の振動を感じるだけでスタミナを使い果たし、自分をコントロールするだけの余力は残っていない。ダンはすぐに彼女の中に入った。モリーは長く美しい脚を彼のウエストに絡ませ、彼の口づけに応《こた》えた。

クライマックスを迎える予感にモリーは体をこわばらせている。彼女の体の奥の魅惑的なリズムに、ダンは身を任せるしかない。

モリーが頂点に達し、うわ言にも似た声をあげた。背中をのけぞらせ、激しく体を震わせる。

遠くで鳴っていた雷が急に近づき、存在している現実の世界からダンをさらっていってしまった。その瞬間、彼はもう死んでも悔いはないと思った。

しかし人生は常に残酷な方法で、すべての行いにはその結果が伴うことを思い出させる。秘密の快楽には罪悪感がつきまとう。落ち着きと理性を取り戻したダンはモリーから体を離すと寝返りをうち、天井を見上げた。

胸に重くのしかかるものがある。彼には助けることのできない患者がクリニックを訪れた時と同じような胸の痛みを、ダンは感じていた。取り返しのつかないこと、今夜の出来事はまさしくそれだった。

彼の気持ちに気づいたかのように、モリーはダンに顔を向けた。「私たちはこれからどうなるの？」

彼女らしいストレートで当然の問いだ。だが答えは出せない、少なくとも今すぐには無理だ。短い間にあまりにも多くの、人生を左右するようなことが起こってしまった。返事をする前に彼自身が、すべてを受け入れなくてはならない。

返事に戸惑うダンを見て、モリーはすぐにその理由を理解した。「それがあなたの答えみたいね」声がこわばっている。「臆病《おくびょう》者！」

「僕の気持ちを勝手に決めつけないでくれ」

「だって、こんなにはっきりしてるじゃない。昔のよしみとのひと晩の情事は、大きな犠牲を払う価値があったのかしら？」

「今夜のことが昔とはなんの関係もないと君もわかっているだろう。ここに君と僕がいて、こうなった。こうなると計算していたわけでもない。だから僕自身が事の重大さをきちんと整理できるまで、僕に万事解決の処方箋《しょほうせん》を求めるのはやめてくれないか」

「もういいわ！」モリーはベッドから飛び下り、急いで服をかき集めた。「そんな遠回しな言い訳は、あなたを大切に思っている人に言うことね」

「モリー、君はそうじゃないのかい？　僕を好きでなければ、君はここへついてこなかった。僕に優しくキスなどしてくれなかったし、させてもくれなかったろう。そして愛し合うことも」

　今関係を持った相手が怪物だとわかったとしても、モリーはこれほど不快な顔はしなかっただろう。

「じゃあ、私が愚かだったのね！　私には学習能力がないんだわ！」

　二人とも愚かだったんだ。二人きりになれば、こうなることはわかっていたのに。

　二人を最初に惹《ひ》きつけた力は今も衰えていない。時間がたっても、大人になっても、人生経験を積んでも、その威力はまったく衰えてはいなかった。

　鏡に映る自分の姿を見て、モリーは吐き気がした。私はいつになったらわかるのかしら？

　残念ながらいつまでたっても繰り返すだけだ。その代償がいかに大きいか知っているくせに、また彼とモーテルに行ってしまった！

　あれから眠れぬ夜がふた晩続いた。それでもあの夜を思い出すと顔が赤くなる。彼はクレジットカードを使わなかった。まるで奥さんに隠れて密会しているかのように、証拠が残らないように気をつけていた。多分宿帳の名前も偽名を使ったに違いない。秘密の情事――その情事の相手は公の場には連れていけないが、おしとやかなフィアンセが夢にも見ないような方法で彼の欲望をかき立ててくれる。

「あなたみたいな人をこう呼ぶのよ」洗面台の鏡に映った自分に向かってつぶやく。〝あばずれ〟――なんてぴったりの呼び名だろう！

「ママ」アリエルがドアを開けた。「電話よ」

　天の助けだわ！　くよくよと考えているより、気分転換が必要だ。「誰から、アリエル？」

「エレインおばさん。ママは元気かって。それと、儲《もう》かったって。どういう意味か知らないけど」

「お店の話よ」モリーは言った。儲かるのはいいが、授かるのは困る。あのモーテルで、モリーとダンはまたもや避妊を忘れてしまっていたのだ。

「そう」アリエルは静かに言った。「ママ、悲しいの？　とても悲しそうな顔をしてるわ」

　モリーの顔は死人のように青ざめていた。「疲れてるだけよ。この前の晩、帰りが遅かったでしょう？　それ以来あんまり寝ていないの」

〝ばかなことしないで、早く車に乗るんだ〟！誰もいない道を足早に歩く彼女の脇《わき》を車で追いながらダンは叫んだ。〝モリー、気温は零下だよ。それに町まで何キロもあるんだ。たまには頭を使ってくれ〟

〝私には使うような頭脳はないわ。あったら今ごろこんな会話はしてないはずよ〟

〝肺炎を起こしてしまうよ〟

〝まさか。あなたに再び胸を触らせるチャンスをあげたくないもの〟

聞き取れないくらいの小さな声でぶつぶつ言っていたダンは、急にブレーキを踏んだ。〝怒っている君には何を言っても時間の無駄だ〟そう言うと、まるでずだ袋に入ったじゃがいもを担ぐように、彼女の両脚を膝の辺りで抱え、肩に担いだ。

　不意をつかれていなければ、彼女は彼の急所を思いっ切り蹴《け》っていただろう。だが、蹴ろうと思った時にはもう車の後部座席にほうり込まれ、車は再び猛スピードで走り出していた。

「こっちの電話で話すわ」アリエルにそう言うと、モリーはベッドに寝転んだ。「居間の受話器を元に戻してくれる？　ママの電話が終わったら、ルームサービスで朝ごはんを頼みましょう」

　モリーは受話器を上げた。遠くにいるロブの母親の声が、まるで隣室にいるように鮮明に聞こえてくると、涙が込み上げた。この女性にモリーは何度も助言や安らぎを求めてきた。家を飛び出してたどり着いたシアトルで、モリーを最初に面接したデパートの人事部長がエレインでなかったら、彼女の人生はどのように変わっていただろう？

「会いたいわ、エレイン」仕事の話が終わるとモリーは言った。「ロブにも会いたい」

「みんなロブを恋しがっているわ。でもあなたが落ち込んでいる理由はほかにもあるんでしょう？　ダンね？」

モリーは長いため息をついた。「あなたに隠しごとはできないわね」

「また好きになってしまったの？」

「それだけじゃないわ。アリエルのことも知られてしまったの」

「彼があなたのお母様の主治医で、家にしょっちゅう出入りしていると聞いたとき、そう長くは隠しておけないと思ったわ。でもモリー、彼が知っているということは、必ずしも悪いことではないわ」

「あなたにはわからないわ！」

「想像はつくわよ」エレインは淡々と答えた。「私たちは長いつき合いよ。あなたが彼を忘れられなかったことぐらいすぐにわかったわ。当時、あなたは若かったし、彼も大人とは言えなかった。でもあなたは変わった。彼だって変わったかもしれないのよ」

「変わらないもの、いえ、変わらない人だっているわ」

「道徳観念のないお金持ちのプレイボーイだった彼が、今は医者なのよ。開業して、ゴルフやパーティーに明け暮れることだってできるのに、彼は貧乏なクリニックで休みなく働いてる。彼こそが人は変われるって証明してるじゃない。それに、私のかわいいアリエルのためにも、彼との可能性をすべて試すまでは逃げ出さないと約束してちょうだい」

「簡単に言うのね、エレイン」

「簡単だとは思ってないわ。でもダンとうまくいくかいかないか、あの子のためにまた試してみる価値はあるんじゃない？」

　モリーには確信が持てなかった。「こんな日はあなたに抱きしめてもらいたいわ」言葉が喉の奥に詰まる。「エレイン、私、怖いの」

「あなたは誰よりも勘が働くし、勇気がある。自分の気持ちを信じて間違いはないはずよ」

　電話からエレインの優しさと賢明さが伝わってきた。そして離婚を通して得た強さ、一人息子をエイズで失った苦痛も。

　受話器を置いてすぐに、再び電話が鳴った。モリーが名乗ると、間を置かずにダンが話し始めた。

「切らないでくれ」

　珍しく棘《とげ》のあるダンの口調に、背筋を冷たいものが走った。「そんなつもりはなかったけど」

「よかった。会いたいんだ、モリー。どこか二人になれる場所で。話し合いたいことがたくさんある」

「またモーテルに連れ込むつもりなら――」

「そんな心配をしてるのなら、それは無用だ。僕は公私混同しない。今回の用件は公のほうだよ」

「わかったわ」あまりにもきっぱりと言い切る彼が少し憎らしい。「何時にどこ？」

「今日の午後五時過ぎ。場所は君に任せる」

「あとで家に寄ろうと思っていたの。そこで会いましょう。人目にはつかないわ」

　それにいくらダン・コーデルでも、父親の幽霊が君臨するあの家で彼女を誘惑することはできまい。

「わかった。じゃあ五時から五時十五分の間に行くよ」そう言うと、早々にダンは電話を切った。

　ダンは三十分以上も遅れてきた。モリーは居間を行ったり来たりして気を紛らわせながら、ダンが車を乗り入れる音を待っていた。

「ずいぶん時間がかかったのね」モリーは玄関で彼

を迎えた。

「君もドアを開けるのに、ずいぶんと時間がかかったな」両手をこすり合わせながら、彼は言い返した。

「ここは外より寒い」

「暖炉が壊れているの。それもホテルに移った理由の一つよ」キッチンに通じる廊下を足早に進む。

「ここで話しましょう。ここが一番暖かいわ」

「コーヒーなんてないだろうね？」

「ないわ」

肩をすくめ、ダンは椅子に腰かけた。「そうだと思ったよ」

ジーンズの上に白いTシャツと紺の丸首セーター。仕事用の服装に違いない。上着は羊皮の裏地のついたデニムのジャケット。彼女はこっそりと彼を観察した。とても疲れて見える。「何かあったの？」

「いつものことさ。急患が多くて昨日から三時間しか眠っていないんだ」大きなあくびをすると、長いまつげの下からモリーを見上げた。「この前の晩も眠れなかった。理由は別だけれど」

「私だって体調がいいわけじゃないわ」モリーはテーブルの向かい側に座った。「さあ、緊急の話を済ませて、帰って休みましょう」

ダンは手を大きく開いてテーブルにのせ、その手を見つめながら話し始めた。「まず謝らなくてはいけないな……この前の晩は、君の信頼を裏切って悪かった」

「どう裏切ったと思ってるの？」

「精神的に弱っているところにつけ込んだ」

「やめてよ」ばかにしたような口調でモリーは言い返した。「あの晩のことは私にだって責任がある。私が嫌がるようなことは何一つあなたはしてない。謝る相手は私じゃなくて、あなたの婚約者でしょう？　裏切られたのは彼女のほうよ」

「サマーとの婚約は解消したんだ」

「そう。どっちが言い出したの？」

「お互いの合意だ」

「でも、とてもつらそうに聞こえるわ」

片手で目を覆うと、ダンは首を振った。「疲れているだけだ。罪のない人を傷つけるのは苦しいよ」

顔を上げ、周りを見渡す。「コーヒーがないなら、ほかのものはあるかな。アルコールでも飲みたい気分だ」

「急に病院に呼び出されたりしない？」

「いや、今日から五日間の休暇に入る。やっと取れた六カ月ぶりの休みさ」

同情するのは危険だ。目の下の隈《くま》や、口角に刻まれた疲労のしわに目を向けてはいけない。彼を心配してはいけない。勝手に苦しめばいいのだ！

「多分ブランデーがあると思うわ。薬代わりに使うために、父が靴下を入れる引き出しに隠していたの。それでいいかしら？」

ダンは一瞬、笑みにも取れるような表情を見せた。「もちろん。靴下の味が移ってないといいけど」

二階にはすでに見捨てられた家特有の、じめじめした冷たい空気が漂っていた。寒さを我慢して、モリーは父親のドレッサーの一番上の引き出しを開けた。

父の靴下は、昔と同じようにきれいに並べられ、その奥に四分の三ほど中身が残っている安いブランデーの瓶があった。幼いころから、父が一オンスきっかりのブランデーを量って一気に飲み込む時は、切断した片足のつけ根が痛む時だと知っていた。ひどく痛む時は義足を外し、杖《つえ》を使ってよぼよぼと階段を上り下りしていた。その記憶が父親に対する同情に似た感情をモリーに抱かせ、そんな自分に彼女はショックを受けた。

その感情を認めたくない。モリーが瓶をつかんで急いで戻りかけた瞬間、引き出しの隅に伏せて置いてある写真立てが目に入った。手に取ってみると、そこには自分の写真があった――いや、色あせてしみのついた写真の質や写っている人物の服装からしてそれはモリーではなく、彼女と瓜《うり》二つの別人だった。興味を持ったモリーは、母の私物を詰めた旅行かばんのポケットに写真をしまい、ブランデーを脇に挟んでキッチンに戻った。

　ダンは座ったまま頭を壁にもたせかけ、両脚をテーブルの下に投げ出した格好で眠っていた。音をたてないように気をつけたつもりだったが、ブランデーの瓶をテーブルに置くと、ダンは目を覚ました。

「うとうとしてしまった」

「そうみたいね」ボトルのキャップを開けながら、同情を隠すためにわざと距離を置いたような口調で答えた。「これしかなかったわ。うちにはブランデーグラスがないから、安物のジュースのコップで我慢してちょうだい」

「ありがとう」コップを受け取ったとき、一瞬、彼の手が彼女の指に触れた。軽く触れ合っただけで、彼を求める気持ちが芽生えてしまう。「君は飲まないのかい？」

「いただくわ」ついさっきまでは、お酒を飲んでしまうと思考が鈍ると思っていたが、敏感になっている肉体を麻痺《まひ》させるには飲むしかない。

「自分探しに」モリーがテーブルに戻ってくると、彼はコップを持ち上げ乾杯の仕草をした。「この二日間、ずっと自分を分析してたんだ。そして大胆な結論に達したよ」

　ブランデーをひと口すすり、モリーはそのまずさに顔をしかめた。「たとえば？」

「たとえば、まず、僕はサマーに恋をしていたんじゃなくて、結婚という概念に恋をしていたんだ」

「この前、レストランで彼女といちゃいちゃしていた様子からは想像もつかない結論ね」

「見かけにだまされてはいけないよ、モリー。僕は確かに彼女を愛している。でも僕らには情熱が……まあ、それはいい」言葉にしてはいけない何かを言いかけた自分を制するように先を続けた。「僕らはお互いなしでは生きていけないからではなく、幼なじみでお似合いだったからつき合っていた。彼女は子供と、そしてある決まったタイプの夫が欲しかったんだ。僕は、その条件をクリアしていた」

「あなたは何を求めていたの、ダン？」

彼は自嘲《じちょう》ぎみに天を仰ぎ、ブランデーを口に含んだ。「寂しかった、とでもいうのかな。特に、人生これからというまだ若い患者を死なせてしまった日、手遅れになる前に危険信号を見つけていたらと思った日、そんな日は、誰かに一緒にいてほしいと思った。相手の求めるものをお互いに与えられると思っていた。それだけで、十分結婚生活が成り立つと思っていたんだ。でも僕は間違っていたよ」

「どうして？　あなたが彼女が望んだような完璧な男性ではなかったから？」

「いや、そうじゃない。僕は自分に娘がいるとわかった時、自分を見つめ直した。そして、今の自分が気に入らなかった」

「どこが？」

「僕は一番楽な道を歩もうとしていたんだ。だが、今はアリエルの自慢の父親になりたいし、彼女に愛されなくても、尊敬はされたい。でも彼女は君の血を強く引いた子だ。ただ寂しいから妥協して、仕事にかけた夢を捨てるようなやつは尊敬しない」

「どういう意味かわからないわ」

「サマーとの結婚は、いずれクリニックから手を引いて、彼女の父親の病院を手伝うことを意味していたんだ。ヘンリーは立派な医者だから一緒に仕事ができるのは光栄だよ。でも僕は彼との仕事に情熱を持てなかったと思う。ただ、それが楽な道だから選択した。そんな男はアリエルの父親にふさわしくない」

昔だったらダンの道義心あふれる言葉を聞いてうれしく思ったに違いない。だが、今の彼女は恐怖を覚えていた。「それで、あなたの大発見はアリエルとどう関係があるのかしら？」

伸びをすると、彼はキッチンを一周した。「僕は彼女のためになることをするよ」

「彼女のためになることって何？」

「安定した家庭環境を提供する」

不安のあまり怒りが込み上げてきた。「あの子にはもう安定した家庭があるわ。私と二人の家庭が」

「そうだ、確かにアリエルには温かい家庭がある。でも、君の父親像がゆがんでいるのは事実だ。彼女は成長と共に、君と同じような考えを持つようになる。君がそう望まなくてもね」

「私から娘を奪おうなんて考えないほうがいいわ。そんなことをしたら呪《のろ》ってやるから！」

「取り乱す必要はないよ、モリー」混乱している彼女を前にダンは落ち着いていた。「そんなつもりはないから。それに、これは僕たちのどちらが親としてふさわしいかの問題ではない。責任の問題だよ。アリエルを授かったとき、僕は無責任だった。また同じ間違いは犯したくない」

「あなたにかかわってほしくないと言ったら？」

「君が、そしてもちろん僕が、何を欲しいかではなく、僕らの子供が何を欲しているかが重要なんだ」

「まるで聖人ね」皮肉たっぷりにモリーは言った。

「モリー、僕はそんなに立派じゃない。それは二日前の行動で証明されてる」

「やっと意見が一致したわ」

「君だって、行儀がよかったとは言い難いけど」

悔しいことにモリーは赤面してしまった。「わかったわ。アリエルを私から引き離そうとしていないのなら、あなたの狙《ねら》いはなんなの？」

「結婚、かな」彼は重苦しく言った。

「かな、ですって？」今耳にした言葉が信じられず、モリーは怒りに満ちた視線をダンに送った。「あなたのその誠意のなさには驚かされるわ」

「それは君が自分のことしか考えていないからだよ。少しの間でいいから自分本位になるのをやめて、僕との結婚の利点を考えてくれないか」

モリーは目を見開き、さげすむように彼を見た。

「たとえば何よ？」

「世間体、名声、金」

状況を認識する前に、ダンの頬を打った手に痛みが走った。モリーは驚いて後ずさった。「ごめんなさい」震える声でささやく。「本当にごめんなさい、ダン。今まで誰かをたたいたことなんて一度もないのよ」ショックと恥ずかしさでよろめきながら、廊下へ続く扉へと向かった。ダンの頬に赤く残る、彼女の手の跡から早く逃げたかった。「あの父親にしてこの娘ありだわ」

ダンは後ろから彼女を抱きしめて引き止めた。

「君はお父さんとは違う。僕だって君のお父さんとは違う。でも父親にはなりたいんだ。娘のためを思えば僕たちの結婚が一番だと思う」

「そして私を上流社会に仲間入りさせるためにも、結婚が一番なわけね」謙遜《けんそん》しているように聞こえても、ダンの横柄な気持ちが垣間見える。「あなたは私のことを何も知らないのに、ダン・コーデルの妻になることが私にとってメリットだと考えるなんて、ずいぶんとずうずうしいのね」

「僕はただ、現実的な側面から君を説得しようとしただけさ。感情論を用いても無駄だと思い知らされたからね」

「当然でしょう？　私はあなたを信用していないの。だって最初の時は、私に飽きたとたんに町を飛び出したのよ。それに避妊をせずに関係を持てばどうなるか、一度でも考えたことがある？　私がハーモニー・コーブを去ったと知った時も、その理由も気にならなければ、私を捜そうとも思わなかったでしょう？　やっといなくなったとほっとして、すぐに私のことを忘れたんでしょう？　そんな人とどうやって健全な結婚生活ができるっていうのかしら？」

「努力するよ」

「いい加減にして！」誘惑されて現実に目をつむってしまう前に、体をねじってダンの腕から抜け出した。「変な責任感を持つのはやめて。私はあなたと同じ上流階級の空気は吸えないわ。どんなに訓練しても、違ったフォークを使ったり、手で食べたりして、あなたをハーモニー・コーブの上流階級の笑い物にしてしまう。だから早くあのお嬢様のところに帰って。もし、彼女がよりを戻してくれなくて一人暮らしが寂しいのなら、ジャーマン・シェパードかゴールデン・レトリバーでも飼えばいいのよ」

「大切なことを忘れていないか、モリー」ダンはキッチンを横切るモリーを追ってまた腕の中に抱きすくめた。「僕らの関係は利便性や責任感だけで成り立つんじゃない。僕たちの抜群な性の一致は、結婚生活の足らない部分を補ってくれるさ」

〝足らない〟や〝補う〟ではなく、モリーが聞きたい言葉は〝愛〟だ。そして喜び、オレンジの花、レース、ウエディング・ケーキ、幸せを約束する言葉。

だが一方で、今まで夢の中でしか手に入れられなかった、欲望に溺《おぼ》れた生活に心を惹かれている。そこで大きなノックの音が聞こえてこなければ、モリーは彼の申し出を受けてしまっていたかもしれない。

そしてノックの主は、満月のような丸顔を窓からのぞかせていたキャディー・ブーデレだった。

8

「ヒルダがいないのに明かりがついてるから見に来たのさ」招かれるより早く勝手に中に入ってきたキャディーが言った。

「心配する必要ないわ。私が来ているだけだから」モリーが答えた。

「あんたと、そしてドクターも！」

　キャディーが何を考えているか容易に想像がつく。このウォーフ・ストリートを四半世紀は飽きさせないようなゴシップに違いない。モリーもダンも事情を説明しようと思えばできた。だがダンはまるで色情狂との十連戦を終えたばかりのように、何も言わずにぐったりとしている。

　今さらいい子ぶる必要などあるのだろうか？　彼女に貼《は》られた〝あばずれ〟のレッテルはそう簡単にははがれない。「そうよ、ミセス・ブーデレ。私と、そしてドクター。想像もつかない組み合わせね！」

「二階の電気もついていたみたいだね」

「ええ」にっこりと意味ありげな笑みを作った。

「母の寝室にいたの」

　キャディーはブランデーの瓶と、半分空になったコップに敵意のこもった視線を送った。「そうみたいだね！」

　いい加減にして！「私たち、まだ用事が済んでないの。ほかに何か言いたいことがあるのかしら？」

「これだけは言わせておくれ」キャディーは帰り際にダンを振り返った。「ドクター・コーデル、あんたはこの辺じゃとても尊敬されてる。でもね、変な人間とつき合うと評判なんてあっという間に悪くなるんだ。せっかくよく思われてるのに、残念だよ」

「これでもまだ私と結婚したい？」ドアが勢いよく閉められたあと、モリーはダンに尋ねた。

「もちろんさ。どうして僕の気が変わったと思うんだい？」

「私がもし愚かにもあなたのプロポーズを受けたとしたら、あなたはさっきより数倍も不快な思いをするのよ。この町に帰ってきてすぐ私は、昔から私に向けられていた憤りと嫌悪を感じたわ。あなただって私を非難してたじゃない」

「でもすぐに自分の間違いに気がついて、考えを改めたよ。君がそんなに問題児ぶらなければみんなだって性急な判断はしないかもしれない」

「ここの人たちは変わらないわ、ダン。そして決して忘れない。彼らの目には、私は今でも片足のジョン・パゲットの人生を惨めにした不良娘よ。父親の葬式にも出席しない、ソーシャルワーカーから連絡をもらうまで病気の母親を見舞いもしない恥知らず。それ以前に、両親の事故のことすらまったく知らなかったのよ」

「みんなが僕をよく思っていなかった時代もあったよ、モリー。でも今は違う」

「それはあなたが男だからよ」モリーは悔しそうに言った。「昔からの不公平なのよ。最終的に自分の価値を示せれば、男の過去の罪は許され、賞賛されることだってあるわ。だって若気の至りの放蕩《ほうとう》はしょうがないもの。でも、悪女はいつまでたっても悪女よ。あなた、自分の妻に悪女のレッテルが貼られていても耐えられる？」

「君が我慢できるなら、僕だってできる」

「そんな余計な悩みはいらないわ。西海岸に戻れば家も順調な仕事もあるし、私を尊敬してくれる友人だっているわ。だから私たちと本当の家族になりたいなら、あなたもシアトルに引っ越すのね」

「引っ越す？」ダンは驚いた顔できき返した。「一分前に言ったはずだ。僕はクリニックを離れたくない。僕はあそこが好きだ。クリニックで役に立っているし、みんなから感謝もされている。多くの医者は、あんな診療所には興味を持たないから、僕があそこを離れたら代わりを探すのは至難の業なんだ。僕が言っている意味がわかるかい？」

「脳手術を受けた患者みたいに扱わないで！」

「じゃあ、僕の言葉の意味が理解できたんだね。最初に言った時に？」

「あなたが上流階級のプリンセスと結婚すれば、クリニックを手放さなくてはいけないという話は聞いたわ。そして今聞いたのは、私と結婚すれば私の社会的地位のほうが低いから、クリニックを離れなくてすむという話」

ダンの忍耐は限界に達していた。「君のとどまることを知らない泣き言にはうんざりだ。今までのゆがんだ意識を捨てて、態度も改めたらどうだ」

「シアトルに来て」

「ここでの仕事は僕にとって大事なんだ」

「私の仕事は大事じゃないっていうの？」

「僕にその判断はまだできない。君の仕事について僕は何も知らない」

「私については十分知ってるわけ？ アリエルの成長ぶりに満足そうなわりには、私一人では子育てもろくにできないと決めつけてるみたいね。その上親切で私と結婚してくれる。それなのに私のことをこれっぽっちもわかってないどころか、関心もないのね。あなたの一番の関心は、私生児を抱えた哀れな女に助けの手を差し伸べてヒーローになることよ」

ダンは背筋を伸ばし、大きく息を吸い込んだ。

「僕はできうる限り自分の子供を守るよ。彼女を私生児呼ばわりする者をたたきのめすこともやぶさかではない。アリエルには父親の無償の愛を与えるつもりだ。でも、子供の父親と結婚すればどんな可能性が生まれるか考えようともしない自虐的な女性には何ができるだろう。何をすれば彼女は〝裏切られた女〟の役を演じるのをやめてくれるだろう？」

「初めからうまくいかないとわかっている結婚はしないほうがいいわ」プライドが邪魔をして、ほとんど真実に近い彼の言葉を認められない。

「君は正しい」うんざりした表情でダンは椅子にかけたジャケットを手にし、袖《そで》を通した。「うまくいくかもしれない、二人が協力すれば。しかし君にその意思はないようだ」

　ダンは玄関へ向かった。再び彼がモリーの人生から姿を消してしまう前に、今まで口に出すのを恐れていた言葉を彼女は勇気を出して口にした。「だって無意味でしょう？　愛し合ってもいないのに」

「僕は愛がすべての解決策だと思う年齢をとうに超えているよ、モリー」片手はもうドアの取っ手にかかっている。「愛情がなくても大人の男と女は強い絆《きずな》を築ける」

「どうやって？　安いモーテルでいちゃいちゃして？」

「違う。セックスの対象としてではなく、お互いを尊重し、尊敬するんだ」

　ダンに打ちひしがれた表情を見られないように、モリーは顔を背けた。モリーが求めているのは、彼女が欲しいという言葉なのに。そのひと言で、彼女はためらうことなく彼の腕の中に飛び込んでいくのに。彼の名前が永遠に彼女の心に刻まれたあの夜感じた情熱を、ダンも感じたのではなかったのだろうか？

「あなたの言うとおりよ。でも問題は、あなたが私を尊敬していないこと」

「尊敬してるから、結婚を申し込んでるんだ」

「いいえ、あなたは正義を行おうとしているだけ。

同じではないわ」

「そうかもしれない。だがそのために僕は多くの関係を絶とうとしている。少しは評価されてもいいんじゃないか？　僕は婚約を解消した。時期が来たら、アリエルが僕の娘だと両親に話そうと思っている。恥ずべき秘密みたいにあの子を隠しておきたくない。そして、君と結婚の約束をしようと思っている。誰になんと思われようとね」

「すぐにも結婚したいんでしょう？」

「早ければ早いほどいい。明日にでもしたいくらいだ」

「そう言うと思ったわ」また惨めになって涙が出てきた。彼の言葉はすべて正しい。でも動機が不純だ。「私があなたの妻の座に納まってしまえば、誰も何も言えないってわけね。コーデル家は非の打ちどころがないもの。でも世間体を気にして、正式に結婚するまでは私を公の場には連れ出さないつもりでしょう？」

「君こそ、どれだけ僕を知っているのかな？」彼女の涙に動揺もせず、厳しい口調でダンは言った。「じゃあこうしよう。土曜日の夜、僕は君を連れて町に出る。君は目立つドレスを着るんだ。人目を引くようにね。そして夜が終わった時に、僕が尊敬からではなく正義のためだけに結婚を申し込んでいると君がまだ思っていたら、僕はあきらめる。アリエルに父親の名乗りをあげることもやめる」

「私が考えを改めたら？」

「その時はまた最初から交渉だ。今度は誠実に検討してくれ」

モリーは手で涙をぬぐい、ポケットからティッシュを取り出してはなをかんだ。「その約束、信じていいのね？」

「もちろんだ」

信じるなんて、どうかしている。ましてや期待で胸を膨らませてしまうなんて狂気のさただ。だが彼女はその両方を止められなかった。彼を見送ったあとも長い間玄関に立ち、ほんのわずかな可能性に夢を膨らませていた。

ダンは彼女と本気で恋に落ちるかもしれない。彼女との結婚生活があまりにも幸せで、二人目の子供を欲しがるかもしれない。シアトルの店はエレインに任せて、ハーモニー・コーブに新しい店をオープンできるかもしれない。店が繁盛して、周りも彼女がお金目当てでダンと結婚したわけではないとわかってくれるかもしれない。彼女が立派な人間になったと認めてくれるかもしれない。

でも約束の土曜日に、ダンは客の顔の見分けもつかないような薄暗い、小汚い店に彼女を連れていくかもしれない。自尊心がモリーを叱《しか》る。現実を直視するのよ、モリー！

八時に迎えに行くとダンが電話すると、モリーはロビーで待っていると答えた。その理由はダンにもわかっていた。彼がアリエルに取り入らないように、彼女に会わせたくないのだ。ダンは約束の時間より二十分前に到着し、フロントをすり抜けると、ヒルダには花束、そしてアリエルには本を持って部屋に現れた。

娘への最初のプレゼントは、本当はもっと記念になるものにしたかった。たとえば金のブレスレットやペンダント。だが彼女はもう十歳の、頭のいい少女だ。慎重に振る舞わねばならない。もしアリエルに父親だと知れたら、ダンが愛情を物で買おうとしていると思うかもしれない。

「ママの用事がドクターとだったなんて知らなかったわ！」スイートの扉を開き、目の前にダンの姿を認めるとアリエルは目を輝かせた。「大事な打ち合わせがあるとママは言っていたの」

彼女の細く長い脚、ぶらぶらと揺れる長い三つ編み、そして大きく輝く瞳にダンは胸が痛んだ。彼女を抱き上げてくるくると回し、悲鳴をあげるまで首筋にキスの雨を降らせたかった。アリエルがそんな父と娘の戯れを卒業する年齢になってしまう前に。

「そうだよ。僕ととても大切な用事があるんだ」

「ママはまだ着替えが済んでないの。今日買った新しいドレスの胸が開きすぎてるって、縫いつけてるところよ。おばあちゃん《グランマ》なら居間にいるけど入る?」

「いいかな? グランマにも会いたかったんだ」

モリーが準備を済ませて出てくると、ダンはヒルダの向かいの安楽椅子に腰を下ろし、アリエルがたった今もらった本を声を出して読み上げるのを聞いていた。「どうやって入ったの?」モリーは驚いて立ちつくした。

「ドアからさ」ダンは努めて明るく振る舞ったが、実際はモリーの姿を見て息が止まりそうになっていた。

モリーは昔から美しかった。しかし今夜の彼女は美しさに加え、優雅さを兼ね備えていた。光沢のあるシフォン素材の膝下丈の細身のドレスから、透き通ったストッキング、ハイヒールに至るまで、全身を黒で統一している。髪は少し伸び、顎の辺りで緩やかなウェーブを描いているため、イヤリングをしているかどうかはわからない。身につけている宝石は、銀のブレスレットと、胸の下でドレスをつまんでいる模造ダイヤの留め金だけだった。

初めてモリーを見た人は、彼女がウォーフ・ストリートで育ち、〈アイビー・ツリー〉でアルバイトをしていたとは想像もしないだろう。今、ダンの目の前にいるのは、トップクラスの女性だ。

「あなたが来てるとは思わなかったわ」モリーは言った。

「プレゼントをくれたの」アリエルがスキップしながら本を見せに行った。「ほら、見てママ。この本は私と同じ名前の女の子が出てくるの。こっちの本にはパズルとかがついてるわ」

「私にはお花をくださったんだよ」ヒルダが続ける。

モリーの厳しい視線はコーヒーテーブルの上に置かれた本やチューリップの花束を素通りし、ダンに注がれた。「そうなの。じゃあ、ドクター・コーデル、気前のよさを披露し終わったのでしたら、行きましょうか?」

母親の額に軽くキスしてアリエルを抱きしめると、彼女はドアまで大またで歩いた。冷たく肩をそらし、コートをはおらせようとするダンを拒絶する。

「どういうつもりなの?」声が届かないところまで来ると、モリーは厳しい口調で言った。

「君をすてきな夜に招待するんだよ、僕のモリー。その約束だろう?」

「とぼけないで! ロビーで会う約束だったじゃない。忘れたとは言わせないわ!」

「たまたま少し早く着いてしまったんで、部屋にお邪魔しただけだよ」

「母やアリエルへのプレゼントも、たまたま持っていたと言うの?」

「いや」外に停《と》めた車までダンはモリーをエスコートした。「プレゼントは用意しておいた。だがモリー、目くじらを立てる前に言わせてくれ。僕はアリエルに本をプレゼントした。父親の欄に僕の名前の入った彼女の出生証明書を渡したわけじゃない。それに、お母さんに花束をあげたくらいでどうしてそんなに怒るんだい? リボンを飾った花束なんて初めてもらったかもしれないのに」

ダンの言うとおりだった。モリーはきつく口を閉じ、さっと頭を高く掲げた。

この停戦を合図に、ダンはエンジンをかけ車を発車させた。町の境界線を越え、車は樺《かば》の森の中を抜ける道を北に走った。

「どこに行くの?」モリーが尋ねた。

「もちろん〈ル・カヴォー〉さ。目立ちたがりの男が、土曜の夜に美しい女性を連れていく場所はあそこしかないだろう」

　ダンはまたもモリーを驚かせた。だが、いつもは口をへの字に結んでしまうモリーも、今回は開いた口がふさがらないようだ。〈ル・カヴォー〉はただのレストランではない。

　ハーモニー・コーブから四十キロほど離れた、ゆったりと流れる川の岸辺に位置するこのレストランは、フランスの古城を真似《まね》て建ててあり、厚い壁、高い丸天井、それに厚い樫《かし》のフローリングが立派だった。料理もさることながら、セラーに眠る膨大なワインのセレクションでも有名なレストランだ。

　モリーがここを訪れるのは初めてだということは知っていた。だが威厳のある雰囲気に圧倒されていたとしても、彼女はそんな様子はまったく見せなかった。中に入るとダンの一歩先を優雅に歩き、ダイニングルームへ進んだ。支配人に席まで案内される間も優雅に胸を張って歩き、着席してダンがワインリストを吟味する間も、落ち着いた様子で辺りを見回していた。

「シャンパンでいいかい、モリー?」

「ええ、結構よ」彼女は冷静に笑みを返した。

「好きな銘柄は?」

「私はボリンジャーが気に入ってるの」

「じゃあ、ヴィエイ・ヴィンヌの九二年?」

　彼女は知ってるワインの名前を適当に口にしたに違いない。ダンはそう確信していた。しかし、モリーは間を置かずに答えた。「いえ、そこまで張り切る必要はないわ、ダン。グランド・アネーの九二年で十分よ」

モリーは食事中もずっと落ち着いていた。フランス語で書かれたメニューをウエイターに訳してもらう必要もなく、ダンですらなんだかわからなかったフォンデュ・ド・チコン・ア・ラ・ビエールを前菜に注文し、そのあとに出されたうずらとトリュフも緊張した様子もなく食べた。

食事をするモリーを秘かに観察しているうちに、ダンは彼女の優美さに目を奪われていった。彼女に触れキスしたい。だが、彼女の魅力は肉体的なものだけではない。あなたは私のことを少しもわかってないと彼女は言った。そして、そのとおりだった。

「君の仕事について教えてくれないか？」当たり障りのない話のあとで、ダンが言った。

「キルトの店を経営しているの。キルトのベッドカバーや、赤ちゃん用品、装飾品なんかを売ってるわ」

「うまくいってるのかい？」

「今はね。でも軌道に乗るまでは大変で、住まいのアパートが店を兼ねてたの」

「どうしてキルトを？」

「家で赤ん坊の面倒を見ながらできる仕事といえばキルト作りしか知らなかった」彼女の大きな瞳に、テーブルの上で揺れるキャンドルの炎が映っている。「ほかに技術もなかったし。私、高校を卒業していないから。でもキルトだったら小さいころから母を手伝っていた。ウォーフ・ストリートの女性は皆キルト作りができるのよ。長い冬のゆうべをキルトを作って過ごすの。それがこんなところで生かされるなんてね」

「高校を卒業できなかったのは残念だったね。君が大学に進学したがっていたのを覚えているよ」

「お金のないシングル・マザーには無理な話よ」

「知っていたら僕が手助けできたのに」

「知ってほしくなかったから、わざわざ西海岸に引っ越したのよ。でも幸運にも、私は守護天使に出会ったわ」

「君が結婚した男性のこと？」

「ダン、私は一度も結婚してないわ」モリーは冷ややかな口調で言った。「それは私に子供がいるとハーモニー・コーブの人たちに知れた時を考えて、母が作った話だって、あなたも知っているでしょう？」

「じゃあ、その守護天使っていうのは誰だい？」

「シアトルで最初に私を面接してくれたデパートの人事部長よ」

「男の人？」嫉妬《しっと》をする権利などないが、胃の辺りに鋭い痛みが走る。たった一人で都会に出てきた身重の美しい少女。彼女に近づくチャンスを狙《ねら》う優しいふりをした上司。

「いいえ、女性よ」

「そうか」胃の痛みは少し和らいだが、すぐに嫌な記憶がよみがえった。「アリエルが生まれた時にそばにいてくれた男は？」

「彼女の息子」

「君を好きだったのかい？」

「ええ。でも恋してたわけではないわ」

「君と結婚したかったのだろうか？」

「いいえ。彼はゲイだったの」

「だった？」

「もう二年前に亡くなったわ」

「エイズで？」

「そうよ」ダンのほうに身を乗り出したモリーの目が光った。「そんな人とつき合って、アリエルの教育上よくないなんて言わないでね。ロブは本当に優しい人だった。私は彼をいとおしく思っていたわ。アリエルだってそうよ。だから、アリエルの彼との大切な思い出に傷をつけたら、二度とあの子には近づかせないから！」

　興奮したモリーを、ダンは驚いて見つめていた。

「僕は医者だよ。エイズ患者を診たことだってある。僕はあの恐ろしい病気の威力を目の当たりにしているんだ。自分と性的趣向が違うという理由だけで、同性愛者はあの病にかかってしまえばいいなんて思ってないよ。どこの誰であろうと、あの病気の引き起こす悲しみと痛みは味わってほしくない」

「皆が皆あなたと同じ考えではないわ」

「そうかもしれない」ダンは明るさを取り戻すように続けた。「だから僕はこうしてここに君といるんだ、そうだろう？　他人がどう思おうと、僕は気にしないと証明するために。ロブに会えなくてとても残念だ。僕の代わりに、君の支えになってくれた彼には大きな借りがある。彼のお母さんは大丈夫なのかい？」

「だんだんと元気になってきてるわ」モリーの声は和らぎ、熟れた唇が懐かしむような笑みを浮かべた。何年もの間、彼女を捜そうとしなかった自分が信じられない。「忙しくしてるのがいいみたい。彼女にお店を見てもらっているし、経理も任せてるわ。あとアリエルを預かってもらうこともあるけど、最近はあんまりお願いしないようにしてるの。ボーイフレンドもできたみたいだし」

「彼女は結婚していないの？」

「離婚したの。前のご主人は息子がゲイだという事実に耐えられなかったのよ。でも彼女はまた結婚すると思うわ。ボーイフレンドのヒューはとてもすてきな男性だし、やっぱり息子さんをエイズで亡くしているの」

　モリーの優しさにダンは心を打たれた。刺激的で挑戦的な外見と違って、内面はとても繊細で知的な女性だ。彼女には試練ではなく、もっと幸せな人生がふさわしい。早く気づくべきだった。「タンゴは踊れるかい？」彼女に触れたい。

「もちろんよ」モリーは信じられないという表情でダンをのぞき込んだ。

「僕は踊れないから教えてくれないか？」

「今演奏してるのはロックよ、タンゴじゃないわ」

「知ってるよ」彼は笑った。「じゃあ、ブギ・ウギでも踊る？」

モリーは一度落とした視線をゆっくり上げ、ダンを見据えた。「私をダンスに誘っているの？」

「ああ」

「こんなに大勢の人の前で？」

「そうだよ」

「すでにレストラン中の人の注目を浴びてるわ」

「だからもっと驚かせてやろう。さあ、踊ろう。そのドレスをもっと見せびらかさなくちゃ」

「気づいてないと思ったわ」ブルー・スエード・シューズの激しいビートが流れるダンス・フロアに進みながらモリーは言った。

「気づいていたさ。見かけも美しいドレスだけど、見た目どおり感触もすばらしい」

彼女は優雅に、かつ、のびのびと踊った。二人は愛を確かめ合う時と同じように、お互いの動きを本能的に感じ、完璧《かんぺき》にそろったリズムで体を揺らした。

「みんなが注目してるわ」テンポの速いステップを踏み終えたモリーは言った。「ダン・コーデルは医者を辞めて、あの恐ろしいモリー・パゲットとダンス・スタジオを始めるって明日から噂《うわさ》されるわよ」

笑いながら話すモリーの快活さにダンは魅了された。今まで彼女を泣かせるか、怒らせるだけだった。もっと彼女を笑わせたい。

曲がスローに変わり、《男が女を愛する時》が流れると、ダンは腕を広げて彼女を待った。モリーは黙って身をゆだね、ダンは彼女を抱き寄せた。モリーの胸が彼の胸に押しつけられ、太腿が触れ合う。

「あなたの言うとおり」自分の頬を彼の頬に近づけ

てモリーはつぶやいた。「母は花をもらってとてもうれしそうだった。それに、アリエルにも本をプレゼントしてくれてありがとう。あの子、そろそろホテル暮らしにも飽きてきたみたい。家庭教師を頼んでるけど、学校に行きたがっているみたいだわ」

「あの子はここに根を下ろすべきだよ。家と、同世代の友だちが必要だ」心を開き始めたモリーにダンは思い切って言った。「子供には安定した環境が必要だって、君も知っているだろう？」

体をこわばらせ、モリーは身を引いた。「私がアリエルをほったらかしているとでも言いたいの？」

「いや」ダンは彼女の腰に手を当て、またモリーが体を預けるのを待った。「君に僕と結婚する意思があるかどうか聞いているだけだよ」

「そう」

「モリー」彼女の肌や髪から魅惑的な香りが漂ってくる。「ダンスの相性と同じくらい、カップルとしての相性がよかったら、僕らは無敵だ」

「結婚はダンスほど簡単ではないのよ」

「簡単だとは言わないが、僕らの置かれている状況を考えると、可能性があるならやってみる価値はあると思う」ダンは周りを見渡した。「もう誰も僕たちを気にしていない。僕が約束を守ったと君も認めないわけにはいかないね。さあ、僕のプロポーズ、受けてくれる？」

モリーは顔を上げた。「それは無理だけど、考えてみる。その間、アリエルと母と三人で暮らせる家をこの町で探すわ」

「僕はどうするんだい？　昼間は車庫にいて、夜になったらじゃれ合うために君の部屋に忍び込むのかい？」

「もちろんあなたの居場所も作るわ……私たちの問題がきちんと片づいたらね。でもそれまでは、一人暮らしを続けるしかないわ」

「ずいぶん冷たいんだね」

「私たち、今までとは違う次元でお互いをわかり合わないといけないのよ。過去のつらい思い出のある次元ではなくて。そしてあなたはアリエルの信頼を勝ち取らないといけない。その二つができるまで、あなたとの結婚について冷静な判断はできないわ。あなたの言う〝じゃれ合う〟もお預けね」

「なんてことだ」ダンはうなった。「修道院に入ったほうがましじゃないか」

「それが私の条件よ。嫌なら話は白紙に戻しましょう」

9

モリーがホテルのスイートに戻った時は、太陽はすでに高く昇っていた。「警察に電話しようと思っていたところよ」母親が言った。「昨日は心配で眠れなかったわ。アリエルが起きる前でよかった。朝ごはんまでにあなたが戻ってなかったらどう言えばいいかと困ってたところよ」

「心配しなくていいのよ、ママ。アリエルに言えないようなやましいことをしていたわけじゃないから。それに、あの子が起きてきたらすべてを説明しようと思ってるの。ママも聞いてちょうだい。でもその前に座ったほうがいいかも。せっかく順調に回復しているのに、また具合が悪くなったら大変だわ」

「シアトルに帰るの？」ヒルダはソファーに体を沈めた。「私の具合も大分よくなったから、もうすぐアリエルを連れて帰ってしまうんじゃないかと思ってたの。あなたたちが戻ってきてから私の人生はうんと明るくなった。本当に寂しくなるわ」

「そんな話じゃないわ。ダン・コーデルの話よ」

「ドクターがどうしたの？」ヒルダの表情が明るくなった。「あなたのことが好きなの？　あなたにここにいてほしいって？」

「私にここにいてほしいのは事実よ。でも私と恋に落ちたからじゃないわ」

「じゃあ、私を一人きりにしないためなの？　あなたたちが帰ったら、また私が憂鬱《ゆううつ》な日々を送らなくちゃいけないからなのね？　それが理由なら、モリー、私はあなたたちを――」

「そうじゃないの」ショッキングな知らせをどう切り出せばいい？　ヒルダはダンを崇拝している。彼女の健康を取り戻してくれた純粋で立派な医者としてだけではなく、離れていた娘と再会させてくれた人物として崇《あが》めているのだ。その彼が模範的な人間でなかった過去をどう説明すればいいだろう？

適切な言い方があったとしても、それを模索している時間はない。あとからダンが来ることになっている。「ママ、アリエルの父親は彼なの」モリーは出し抜けに言った。「彼はアリエルに事実を伝え、父親としてあの子の人生にかかわっていきたいと言っているの。だから、私はシアトルへは帰らない。でももし私の気が変わってシアトルに戻るようなことがあれば、ママにも一緒に来てもらうわ。ママをもう一人にはしないから」

最後の言葉が、衝撃的な話の内容を少しは和らげてくれると期待したが、母は最初のひと言を消化できずにいた。「ドクター・コーデルがアリエルの父親？」ヒルダは瞬《まばた》きを繰り返した。「だって、彼は立派な人に見えるのに」

「そう、彼は立派な人よ。昔も、今も」

「過去の過ちを今の今まで認めない男のどこが立派だって言うの？」

「アリエルが自分の娘だって、今まで知らなかったのよ。最初からママの主治医がダンだとわかっていたら、彼は今でもアリエルの存在を知らないわ」

ヒルダはまだ最初の衝撃から立ち直っていなかった。「あなた、ドクター・コーデルとベッドを共にしたの？」顔が次第に青ざめていく。「何度も？」

「そうみたいね」

「いつ？」

「私が家出した夏よ。だから家を出たの」

「私はずっと、あなたが近所の不良に無理やりに犯されたのだと思っていたわ」

「相手はダンだったの。それに、無理やりではなかったわ」

「あなたみたいな子供相手に、どういうつもりだったのかしら？」

「私が十七歳だって知らなかったのよ、私が嘘《うそ》をついていたから。でも本当の年齢を知ったとたんに、彼は会ってくれなくなった。でもそれは昔の話よ。今考えなくてはいけないのは、どうやってアリエルに打ち明けるかだわ」

「そうね。ショックは受けるだろうけど、ドクターと二人であの子に説明するのがいいと思うわ」蜘蛛《くも》の巣を払うように、ヒルダは首を振った。「アリエルの父親として生きることがそんなに大事なら、なんでドクターはあなたと結婚しようとしないの？　あなたじゃ不満なの？」

「彼は結婚したがっているわ。二の足を踏んでいるのは私のほうよ」

「問題は彼の家柄？」

モリーはうなずいた。「そして私の家柄もね」

「モリー、あなたはとっくの昔にウォーフ・ストリートを卒業してるわ。気にする必要は全然ないじゃない」

ダンにも何度もそう言われていた。だがそのたびに、モリーの父親の霊が現れて否定した。

「もう一つ話したいことがあるの」父親の話で思い出したことがある。「この前、家に行った時に、私にそっくりな女性の写真を見つけたの。パパの引き出しの奥に隠してあった。ずっときこうと思っていたんだけど、最近いろいろあったから」

母はうなずいた。「サラ・アンね。パパの双子の妹の」

「双子の妹？」引き出しの奥には、二人も霊がいたのだ！「あんまり似ていたから親戚《しんせき》だとは思ったけど、まさか叔母さんだったなんて。なんでパパもママも、黙っていたの？」

「ジョンは彼女の話をしようとしなかったわ。サラ・アンは二十五年前に電車の事故で亡くなったの。でもパパにとっては、それよりもっと昔に、彼女が妻のある男とかけ落ちした時点で彼女は死んだも同然だったのね。それまで二人はとても仲がよくてね、サラ・アンがいなくなった時、パパはひどく悲しんでた。でもパパの頑固さを知ってるでしょう。家族を辱めた妹を、パパは決して許そうとはしなかったわ」

今度はモリーが驚かされる番だった。「でも不思議ね。二人とも電車の事故で亡くなるなんて」

「私もそう思うの。もしかしたら神様が二人をそうやって引き合わせてくれたのかもしれないわ。かわいそうなジョン。たくさんの悲しみを内に秘めて、誰にも心を開かなかった」

「パパがいなくなって寂しい？」モリーは尋ねた。

「なんとも言えないわ。パパは明るい人じゃなかったし、不満を抱えた人と一緒にいるのはつらいものよ。でも、最後の何年かはうまくいっていたけど」

「私がいなくなってからね」

「パパはあなたを見るたびにサラ・アンを思い出していたのよ。あなたが彼女みたいになるんじゃないかとおびえていたの」

「そして本当にパパが心配したとおりになったってわけね」

「そんな言い方しないで。あなたが出ていった時、パパはパパなりに悲しんでたのよ。それをわかってあげられたのは私くらいだけど」

「パパはアリエルの存在を認めなかったわ」

「そうね。でも苦しかったと思うわ。あなたが送ってくれたあの子の写真をこっそり見てたんだから。もしまだパパが生きていてアリエルと会えたとしたら、あなたとも仲直りできたかもしれないわね」

「私とパパはもとからそんなに仲よくなかったわ。相性が悪かったのよ」

「でもあなたがパパを許してあげられたかもしれない。パパを受け入れることができたら、あなたも今まで背負ってきた怒りを忘れられるんじゃないかしら？　そうすれば、またひと回り成長できるわ」

その時は何も言わなかったが、モリーはその日何度も母親の言葉を思い出した。さまざまな出来事が身の周りで起こっている時だけに不思議な感じがした。

それとも当然のことだったのかもしれない。主観を交えずに、アリエルに真実のみを伝える試練が、モリーに新たな見方を教えてくれたのかもしれない。

「あなたが赤ちゃんの時に、あなたを愛していなかったわけではないのよ」モリーはアリエルの質問にできるだけ正確に答えようとした。「あなたが生まれたことを知らなかったの」

「どうして教えなかったの、ママ？」

「知りたくないんじゃないかと思ったからよ」

「どうして？　ママのことが嫌いだったの？」頑固そうに背筋を伸ばす様子があまりに自分にそっくりで、モリーは笑みを浮かべた。「ママを嫌いなら、私もドクターが嫌いだわ」

「いいえ、ドクターはママが好きよ。でもあなたが生まれたばかりのころは、ママたちはあまり親しくなかったの」

「ドクターは悪い人ね。誰だって、赤ちゃんの時はパパがいるのに」

「それはママのせいよ、アリエル。ママが捜しても見つからない場所に隠れてしまったの。ママが間違っていたのよ」

「じゃあ、もう私のパパだって知ってるから、私たちと一緒に住むの？」

「いいえ。まだ一緒には住まないわ。でもあなたの本当のパパになりたいって」

「一緒に住まないのに、どうやって本当のパパになるの？」

「それをこれから相談するのよ。ドクターがここに来てからね」

「ここに来るの？　私に会いに？」

「そうよ」

「パパって呼ばないと駄目？」

「嫌ならいいのよ、アリエル。でもそう呼んであげたらドクターも喜ぶと思うわ」

「考えておく」椅子から立ち上がると、家庭教師が置いていった教材を広げた。「宿題をし終わってから決めるわ」

「ごめんなさいね、あの子に悪気はないのよ」数時間後、アリエルが寝室に引き上げるとモリーはダンに言った。十年間のブランクは、たった二冊の本と謝罪だけでは埋められないと、アリエルがはっきり意思表示したのだ。「あの子も困惑してるのよ」

「わかってるよ。受け入れてもらうのには時間がかかるさ。僕も奇跡を期待していたわけではない」

期待はしていなかったかもしれないが、ダンは明らかに打ちひしがれていた。鮮やかなブルーの瞳が陰るのを見て、モリーは涙が出そうになった。「私のせいであなたがつらい思いをするなんて不公平だわ。初めから私が正直に打ち明けていれば、こんなことにはならなかった」

「モリー、君が僕に打ち明けられなかったのは」彼は厳しい表情で言った。「僕のせいだよ。アリエルは賢い子だ。あの子が生まれる前の話を僕らはしなかったけど察しがついたんだよ。あの子は僕が君を見捨てたと思っている。あの子は正しい。僕は君のもとを去ったのだから」

頭を垂れ、片手を窓枠について体を支えているダンの、まるで世界中の苦しみを両肩に担っているようなわびしい姿は、モリーの目に痛々しく映った。

「親になると傷つくことも多いのよ、ダン」モリーは後ろから彼の肩に手を置いた。

後ろを振り返ったダンは窓から離れ、モリーを抱きしめた。「僕の過ちが多くの人を傷つけてしまった」モリーの髪にキスした。「君やアリエルはいずれ僕を許してくれるかもしれないけど、僕は自分を許すことができない」

「自分を苦しめるのはやめて、ダン。もう済んだことよ。子育ては現在進行形なのよ。過去の過ちは消せないけど、また同じ間違いをしなければいい。私たちが気をつけなくてはいけないのはそれよ」

「君はそれほど間違いを犯してないと思う。でなければ僕らの娘はこんなにいい子には育たなかった」

寝室の扉が開いた。「おなかがすいたわ」自分の新しい父親の腕に抱かれる母親を見て驚いたアリエルは不機嫌そうに言った。

「僕にいい考えがある」ダンは明るく答えた。アリエルがどうして彼の笑顔を拒否できるのか、モリーには不思議だった。「湖の反対側にいいレストランがあるんだ。一緒にランチを食べに行かないか？」

「ママも一緒？」

「もちろん。それにおばあちゃん《グランマ》もね」

アリエルはゆっくり二人に近づいた。仲間外れにはされたくないが、関心があるとも思われたくないようだ。「フライドポテトを頼んでもいい？」

「そうそう」娘の肩に腕を回すとモリーは言った。「一つ言うのを忘れていたわ。あなたのすばらしい娘は生まれながらの交渉上手なの」

ダンはほほ笑んだ。アリエルも少し笑みを見せた。

「母親に似たんだな」

「好きになれそうな気がする」その晩ベッドに入ったアリエルは、様子を見に来たモリーに言った。「愛せそうな気もするわ。ママはドクターを愛しているの？」

愛してないと思えた時期もあった。彼のことを頭から追い払うこともできた。だが忘れることはできなかった。そして、彼のいないすき間を埋める男性もいなかった。あのダン・コーデルの残したすき間を埋められる男性なんていない。

「ええ」真実を言いたいだけではなく、娘が愛し合った末に生まれたことを伝えたい。「ずっと愛していたわ。でも、ドクターもママを愛していたかどうか確かめなかったの」

「それで、ドクターはママを愛してるの？」

「そうよ」ダンはよくしてくれている。それは正確には愛ではないかもしれないが、罪のない嘘をついても許されるだろう。

「だったらここにずっと住んでもいいわ。エレインおばさんのところに遊びに行かせてくれるなら」

「約束するわ、何度も遊びに行きましょう」

「じゃあママ、早くおうちを探さなくちゃ。ここで暮らすのにはたくさんお金がかかるってグランマが言ってたわ」

「そうね」アリエルの肩にキルトの毛布をかけ、頬にキスをすると、モリーはうなずいた。「明日、ミセス・フランクスの勉強の時間に探してくるわ。さあ、もう寝なさい、アリエル」

翌朝、モリーは不動産屋に賃貸物件の希望条件のリストだけ渡し、海岸沿いにある白い教会まで車を飛ばした。

墓地に点在する楓《かえで》の木は芽吹き始めている。空は群青色に輝き、空気はクリスタルのように澄み切り、辺りは鳥の奏でる歌であふれていた。苔《こけ》にまみれ、くたびれたように傾いた墓石の中には三百年以上前のものもあり、何世紀もの間冬の嵐《あらし》にさらされて墓碑銘はもう読み取れない。近年建てられた墓は教会から最も離れた、隣のりんご園まで続く緩やかな丘の上にあった。

父親の墓を見つけるのは簡単だった。名前、生年月日、亡くなった日、そして〝安らかに眠れ〟の文字が刻まれた石の板が父親の墓だった。ほとんどの墓は花が添えられているのに、父の墓には花が添えられていない。体が不自由になってしまった母以外に、花を供える人はいないのだ。生きていた時と同じように、ここでも父は孤独だ。

涙で視界がぼやけてくる。モリーは自分でも驚き何度も瞬きをした。父は七十五歳で亡くなっている。老いた父は友人もなく、母一人に弔われて他界した。

それでは寂しすぎる。モリーはしめった芝に膝をつき、墓石に刻まれた父の名前を指でなぞった。

〝かわいそうなジョン。たくさんの悲しみを内に秘めて、誰にも心を開かなかった〟昨晩、母はそう言った。

「心を開いてくれていたら愛してあげたのに」こらえきれずにモリーは泣いた。「私はパパに好かれたかっただけなのよ。パパの膝の上に座って、本を読んでほしかっただけ。パパの小さかったころの話が聞きたかっただけ。足がないからって、顔を背けたりはしなかった。パパの妹みたいに、パパを悲しませたりはしなかった。パパが望むような、いい子にしたのに」

　視界の左側に気配を感じたモリーは驚いて顔を上げた。泣いている姿を誰にも見られたくない。だがそこには、みかげ石の上にちょこんと座ったりすが、問いかけるように彼女を見ているだけだった。りすの横の灌木《かんぼく》は満開の花を咲かせている。花弁は淡いピンクのらっぱ形で、中心が紫色の花だ。

　ゆっくり立ち上がったモリーは膝についた土を払い、茂みのほうに進んだ。りすの非難のこもった視線をよそに花のついた枝をもぎ取ると、りすは楓の木に慌てて登り、自分の陣地を荒らすモリーに向かってきいきいと鳴いた。

　父親の眠る場所に戻ったモリーは、花を墓にたむけた。父に贈り物をするのはこれが初めてだ。それは哀れみではなく、心をこめた贈り物だった。ここに眠る父も、彼女と同様の安らぎを得られるといいとモリーは願った。

　ホテルへの帰り道、モリーは車の窓を全開にして走った。風がセットした髪を乱す。髪を切らなくてはいけないが、母親を病院に連れていったり、アリエルを図書館まで送っていったり、シアトルの店の様子をチェックしたり、その上家探しまでしていては、美容院に行く時間などなかった。それにダンも長い髪が好きなようだ。

　部屋に入るやいなや、結婚式を早くしてほしくてたまらない母親がモリーに尋ねた。「ずいぶん長いこと留守にしてたのね。ダンと一緒だったの？」

「違うわ。墓地に行ってきたの。パパに対する気持ちをすっきりさせるために」

「まあ、モリー！」ヒルダは顔をくしゃくしゃにした。

「ママも喜んでくれると思ったわ！」

「そりゃうれしいわ！　あなたがパパを許してくれるようにずっとお祈りしていたんだもの」

「それに自分自身も許すことにしたの。今朝ここを出た時から戻ってくるまでの間に、今まで抱えていた怒りはすっかり消えてしまったわ。ママの言ったとおり、これからは前向きに生きていくつもり」

「ダンと結婚するのね！」

「いいえ」楽観的な母親の考えに笑みがこぼれる。

「家を探すのよ。ウォーフ・ストリートとさよならするの。もう豊かになったんだから」

　ひと月たっても希望するような家は見つからなかったが、そのもどかしさを打ち消すほど、ダンとの時間は充実していた。

　四月も終わり近くになると、二人はお互いの理解を深め合い、ダンとアリエルの仲も親密になった。ダンはモリーにだけ、自分の母親に娘の話をしたがいい反応を得られなかったと打ち明けた。

　三人でピクニックに行ったり、フェリーに乗って遠出もした。ダンとモリーの二人だけで静かなレストランで食事をしたり、月明かりに照らされた浜辺を散歩したりもした。

　だが体の関係は一度も持たなかった。その誘惑は明らかに存在しチャンスは何度もあったが、二人は性的関係を持つことによって、結婚に対する判断を鈍らせたくなかったのだ。

　そして明日から五月という日、あきらめかけていたモリーのもとに一軒の家が市場に出たという朗報が入った。それは子供のころに彼女が夢みたような、石造りの高い煙突と、ハーモニー湖や町の北側に位置する丘を見渡せる大きな出窓のあるすてきな家だった。

ひと昔前に建てられた家の中には、静かな場所がそこここにあり、出窓の土台はクッションのついたベンチシートになっていた。部屋も大きく、楓の木のフローリングはサテンの光沢をはなつほど磨き込まれている。そしてキッチンとバスルームは最近リフォームされていて新しかった。スイスに転勤している家主は、急な赴任のために美しいアンティークの家具や絨毯《じゅうたん》を残していったらしく、あとはシーツやタオル、食器などを買い足せばよいだけの状態だった。

その家は、まさにモリーが新居として思い描いていたとおりの家だった。

「決めたわ」六カ月の賃貸契約を彼女はその場で結んだ。六カ月後に更新するか、買い取るかのオプションつきの契約だ。

「僕はいつ見せてもらえるんだい？」夕食にやってきたダンが、庭にあるボート用の桟橋や、湖岸から二十メートル離れたところに浮いているいかだについて興奮して話しているアリエルを見て言った。

正直言って、モリーはあまり気が進まなかった。数日前に、家探しの件で彼とちょっとした喧嘩《けんか》をしたのだ。

「僕も手伝うよ」実りのない数時間を過ごして戻ってきた彼女にダンは言った。「僕は知り合いも多いし、コネもある。家賃が心配なら協力もできる」

「いいの」ダンに助けてもらえばもらうほど、不純な動機で結婚してしまう可能性が高くなってしまう。「それより、アリエルと一緒に過ごしてちょうだい。もし、あの子といるところを見られたくないなら、ホテルの部屋に来てもらってもいいわ」

「僕は自分の娘を恥じているわけではないよ。ここに永住する決心が固まるまで、アリエルのことを誰にも言うなと言ったのは君だろう？」

「そしてお母様が孫娘の存在を快く思っていないと言ったのはあなたよ。でも本当のところは、快く思われていないのはアリエルじゃなくて私ね」

「もう何度も言ったじゃないか。母や、君に迷惑をかけるやつらは僕がなんとかする」

　モリーはため息をついた。「それが嫌だってどうしてわかってくれないの、ダン？　あなたは〈ル・カヴォー〉に私を連れていって誠実さを証明したわ。それには私はとても感謝している。でも今度は私の番よ」

「というと？」

「ここで新しい生活をスタートさせるのなら、今の私自身を町の人に認めてほしいの。あなたが守ってくれるから受け入れられるのとは違うわ」

　それは事実だが、彼に話していない理由がもう一つある。肉体的な欲望に流されないという二人の約束が、彼女の心を乱しているのだ。二人きりで空き家を訪れればどうなるか、容易に想像がつく。

「永遠に先延ばしはできないよ」モリーの心をダンは正確に察していた。「いつかは僕らのことを考えないと」

「ええ、そのうちに」

　ダンが納得していないのはわかっている。そして次の日曜日、モリーが前日にそろえた家庭用品を新居に運んで三十分もたたないうちに、ダンが玄関に現れた。

「引っ越し祝いだよ」花の鉢をモリーに渡すと、彼女がドアを閉める間も与えず片足を中に踏み入れた。

「クリニックで待機してなくちゃいけないんじゃない？」

「そうだよ。そのために携帯電話やポケットベルがあるんじゃないか。何もない時は自由にできるのさ。

さあ、笑ってお礼でも言ったらどうだい。車に積んである荷物を運ぶには男手が必要だろう？　僕が力になるよ」

彼の裸を見たり、その快い感覚を味わったりしたことがなくても、ゴルフシャツとジーンズの下に潜む彼の筋肉を意識しない者はいない。

そう、モリーには男手が必要だった。ただの男ではなく、ダンでなくてはならない。緑色のストライプの入った大きめのシャツに白のカプリ・パンツ、そして麦藁《むぎわら》を編んだサンダル姿という彼女のいでたちを、ダンは満足そうに見ていた。今まで築いてきた禁欲のバリアが崩れそうになる。恥ずかしげもなく、期待に胸が震えてしまう。

ため息がもれそうになるのを抑え、モリーは慌てて花に顔をうずめた。「ありがとう。すてきな花ね」

「君もすてきだよ」すでに弱っていた理性は、ダンの笑顔を見て完全に溶けてしまった。「そんな格好でも十分すてきだ。君のプロポーションなら軍服やアーミー・ブーツでさえおしゃれに見える」

ダンに帰る気がないのは明らかだった。モリーはあきらめ、笑顔でドアを大きく開いた。「さあ、上がって」

「やっと入れてくれたね」

10

玄関の扉が閉まった瞬間、ダンを中に招き入れたのは間違いだったとモリーは悟った。その場の雰囲気があまりに親密すぎる。左手にはベッドルームに続く螺旋《らせん》階段が、右手の居間にはふかふかのソファーがあり、そして真ん中にはダン自身が〝モリー、さあどうする?〟といった表情で立っている。

「裏庭を見て」モリーは彼をせかせてキッチンを通り抜け、裏のテラスに出た。「芝生の端に大きな楓《かえで》の木があるでしょう。西のほうには小さな果樹園が見えるわ」

「そうだね」

「そうよ」慌てているように聞こえないといいのだけれど。「ウォーフ・ストリートとはずいぶん違うでしょう? そういえば、先日母の荷物を取りに前の家に立ち寄った時、またキャディー・ブーデレに会ったの。珍しく丁重だったから、店に出すキルトを作らないか尋ねてみたわ。彼女、結構上手だって知ってた?」

「いや、知らなかった。キャディーの特技にはまったく興味がなくてね」人差し指で、シャツの襟からのぞくモリーの鎖骨をなぞりながらダンは言った。「でも君の特技なら興味津々だ」

モリーはため息をもらさないように必死で我慢した。自制心を保つために、うわずった声で話し続ける。「ここにも店を出そうと思っている話、もうあなたにしたかしら?」

「いいや。最近は〝ほうっておいて〟と言われる以外、君から何も聞いてないよ」

「傷つけてしまっていたらごめんなさい。なんでも一人ですることに慣れてしまっているの。簡単に直せる習慣じゃないわ」

「自立した奥さんは大歓迎だ」今度は首筋から、耳たぶへ指を這《は》わせる。

「早とちりしないで」威厳をもってダンを制したかったのに、腹をすかせた猫を追い払おうとするねずみのような声しか出ない。「まだ結婚を承諾したわけじゃないわ」

「言葉では承諾してないが、君の体は……」ダンはけだるい笑みを浮かべた。「結婚したがっている。それで、ここにも店を出すって言ったね」

「そうよ」ダンの指がそれ以上進む前に、モリーは後ずさりした。「町の広場の隅に、かわいい小さな店を見つけたの。前はファッジとチョコレートの店だったみたいだけど、ひさしにジンジャー・ブレッドの縁飾りがあって、表が長細いテラスになってるの。そんな店前からあったかしら？　それで、キャディーは私が彼女の作品が売り物になるって言ったらすごく喜んで――ちょっとダン、何してるの？」

「心拍数を測ってるんだよ」ダンはモリーをテラスの手すりに追いつめるとゆっくりシャツのボタンを外し、彼女の肩をあらわにした。「君は早口でしゃべり続けるという、過喚起症候群の症状を見せている。医者として心配になったんだ」

「近所の人に見られるわよ！」

「双眼鏡で見ない限り大丈夫だよ。もし見られていたら」ダンは彼女を抱きしめ、喉元にキスした。「彼らをがっかりさせたくはないだろう？」

期待と喜びで鳥肌が立った。震えが体を走り、膝に力が入らない。「ダン、これ以上続けたらどうなるかわかっているでしょう？」

「わかってるよ。君もわかってるはずだ。ただ僕は我慢できるが、君は耐えられそうにないみたいだ」

「新たな関係を築けるかどうか判断するため、冷却期間を置くって決めたじゃない」

「そうだよ。だから君がやめてほしいなら、僕はこれ以上のことはしない。でも本当を言うと、僕は君の引き伸ばし作戦には飽き飽きしてるんだ」

「やめてほしくない。だから困るのよ」ダンに唇を差し出すようにモリーはつぶやいた。「あなたが欲しかったわ」

「じゃあ、何が問題なんだ」

「怖いの」

「僕が？」ダンは信じられないという表情でモリーを見つめた。

「まさか。あなたを怖いなんて思ってないわ。ただ、愛し合うたびに頭の中の小さな声が私に忠告するの。体の関係だけでは結婚は成り立たないって」

　腕の力を抜いてだらりと垂らし、ダンはモリーから一歩離れた。青い瞳が冷たく彼女を見つめている。

「つまり、君が言いたいのは、これ以上先に進む前に保証が欲しいということだね」

「まあ、そういうことね」

「じゃあ、これはショッキングな知らせかもしれないな、モリー。だからしっかりと自分を支えているんだよ。人生には保証なんてない。信頼だけで、先に進まなくてはいけない時もあるんだ。僕らが結婚するメリットは、そのリスクよりもはるかに大きい。僕らは結婚を成功させる要素を備えている。体の相性だってぴったりだ。だけど僕がいくらそう君に言っても、君自身それを信じていなければなんの意味もない。僕はいらだちを覚えているんだ」

「わかってるわ」

「いや、わかってないと思うよ。僕は今まで条件を与えられたことなどない。はっきり言って、君の言い訳にはもう疲れた。この一カ月、僕は君を安心させるためになんでもした。でもそれも無駄だったみたいだ」

「一カ月なんて大した時間じゃないわ。私たちは一生の問題を話しているのよ」

「そうだ。でも僕らの結婚は普通の結婚じゃない」

ついに言われてしまった。モリーが頭の中ではずっとわかっていながら、認めたくなかった事実。どんなに強く願っても、二人の結婚は理想的な、愛のあふれる結婚には決してならないのだ。

時間をかけて体の関係以上の絆《きずな》を築ければ、ダンは彼女を一人の女性として求めてくれるかもしれない、とモリーは思っていた。彼の優しさを感じる瞬間、無言でもお互いのことを考えているとわかる瞬間、そんな時を重ねていけば、彼女がずっと探し求めていた永遠に続くハッピー・エンドが手に入ると考えていた。

でもそうはならなかった。あの数々の二人だけの親密なディナーや、お互いのことを話し合い、わかり合った二人きりの散歩は意味がなかったのだ。彼女とダンはまったく別の夢を追い求めていた。

それは大きな打撃だった。「もし私たちに子供がいなかったら、結婚なんてしないと言いたいのね」

「仮定のことなど考えても仕方がない」動じる素振りも見せず、ダンは続けた。「アリエルがいなかったとしたら、二人はどうなっていたかなんて僕は考えたりしない。アリエルはもう存在しているんだからね。そして君の要求するいろいろな条件を僕は満たしてきたよ。僕とアリエルは今は仲よしだ。僕があの子を娘と認めているように、あの子も今では僕を父親として見てくれている。僕を受け入れてくれないのは君だけだ」

「体の関係を拒まれただけで受け入れてもらえないと思うのなら、私たちの努力は無駄だったようね」

「僕はセックスの話をしているんじゃない、君だってわかっているはずだ」

「じゃあ、何？　なんのことを言っているの？」

「いいかい」ダンは手すりに寄りかかり、表情のない顔をモリーに向けた。「アリエルが九月に入学する学校について、君は一度でも僕に相談しようと思ったかい？」

「あなたは忙しいから邪魔したくなかったのよ」

「くだらない言い訳だ。確かに僕は忙しい。でも君だって忙しいじゃないか。僕は娘を一番に考えているんだ。それなのに、君は僕とあの子の関係を、君がいいと思うまではみんなに隠し通そうとしてる」

「私たちがうまくいかなかった場合を考えてアリエルを守っているのよ」

「嘘《うそ》だ！　君はあの子を理由に、本来は二人で考えるべき問題から僕をしめ出そうとしているだけだ」家と庭を包み込むように、ダンは両腕を広げた。「僕は君の家探しだって遠慮した。結婚したら僕の家にもなるのに」

「この家が気に入らないの？」

「気に入ってるよ。君は運がいい。湖畔の賃貸物件は少ないうえに、一エーカーの庭つき。その上、湖の用水権までついてる家なんてそうないさ。しかも建物の状態もいい。だが、僕が言いたいのはそんなことじゃない」

さっきまでのうきうきした感覚が、ダンの厳しい口調のせいで消えてしまった。代わりに体が震えるほどの恐怖を覚える。「プロポーズしたことを後悔しているの、ダン？　そういうこと？」

「違うよ」

「じゃあ、何が言いたいの？」声の震えを抑えられない。

「返事が欲しいんだ。今すぐに。もう君に言い訳はさせない、モリー」

「断ったら？」

「全部白紙に戻そう。君がシアトルに戻っても僕は何も言わない。僕は法的手段に訴えて、父親の権利を勝ち取る。アリエルは西海岸と東海岸を行ったり来たりする子供になるんだ。そして僕らはあの子のために、離れていても連絡を取り続ける」

「簡単に白紙に戻せるなんて、最初から私をあまり好きじゃなかったのね」

「好きだったさ。そして今でも君が欲しい。でも僕は君なしでもなんとか生きていける。僕が嫌なのは、いつまでも友人扱いされることさ。僕には守るべき名前と評判がある。アリエルのことはいつかは町の人に知れてしまう。子供まで作ってその母親と結婚しないなんて、町の人はどう思うかな。僕は自分の自尊心とアリエルの心を裏切ってまで、君の言うとおり、ただの友だちでいなくてはならないのかい？　君は常識を破っておもしろいかもしれないが、僕はそんなのはとっくに卒業しているんだ」

「それは立派だこと！」あまりに傷つき、落胆したために、彼の愛情を請うのだけはしないと心に誓っていたことを忘れてしまっていた。「あなたのその偉大なる志に愛の入り込む余地がなかったなんてとても残念ね。恋に落ちたからこそ人生の伴侶《はんりょ》になるんでしょう？」

「恋に落ちるなんて十代の若者たちがすることだよ、モリー。結婚生活の苦難を乗り越えるには恋よりも安定した要素が必要なんだ」

「だからって無関心でいいわけないわ！」

「僕は君に対して無関心だったかい？　僕は今まで知り合ったどの女性よりも君が欲しい。君といると生き生きするし、常にベストを尽くしたくなる」

「アリエルがいるからね」モリーはがっかりして湖を眺めた。「もしあの子が……」

「僕は〝もし〟のことは考えない、そう言っただろう？　アリエルは確かに大事な要素だよ。でも僕らの場合は個々を足した値よりも、合計の値のほうが断然大きいんだ」ダンの影が彼女の背後に忍び寄る。

肩に彼のぬくもりを感じ、彼の吐息が髪にかかった。

「常に驚かせてくれる女性といるとわくわくするよ。機知のある女性と議論するのは刺激的だ。仲直りすることを考えると口論も悪くない。サマーが相手では味わえない感覚だよ。君が帰ってきて初めて僕はそれに気づいたんだ。モリー、これだけでは不十分かな？　この先どうなるかは自然に任せないか」

　いつかは愛を取り戻せる可能性を信じて結婚に踏み切れるだろうか？　お互いの愛情に温度差があっても、ずっと彼女に不利なものだったとしても我慢できるだろうか？

　それよりも、彼から身を引くことができるだろうか？　彼なしで生きていけるだろうか？

「いいわ、やってみましょう。あなたの言うとおりに結婚するわ。正式に発表してちょうだい」

「二人で発表しよう」ダンに引き寄せられ、モリーは彼に寄りかかった。彼のこの力強さがある限り、彼の要求にはなんでも応《こた》えられる。ダンと、そしてアリエルがいてくれれば、ほかには何もいらない。

「今度の土曜日に、ヨットクラブで毎年恒例のパーティーがある。一緒に来てくれないか？　そこでみんなに発表しよう」

「私、ヨットクラブには行ったことがないわ」

「〈ル・カヴォー〉だって初めてだったじゃないか。それでも常連のように振る舞っていたよ」

　今度は〈ル・カヴォー〉の時のようにはいかないだろう。クラブのメンバーは皆ダンの知り合いだ。彼は裕福な、上流階級のさらに上層の、ヨットを所有する人たちのクラブに属するのだ。彼が友人たちに囲まれれば彼女は邪魔になる。家族に囲まれれば、彼女は一人ぼっちになる。

　そんなこと気にするべきではない。だがどうしても気になってしまう。

ヒルダは記録的速さで車椅子を卒業して歩行器を使うようになり、自分の力で動き回れるほど回復した。だが、階段の上がり下りは無理なため、古い家をどうしようかモリーは悩んでいた。

ヨットクラブでのパーティーの数日前に、簡単にその悩みは解決した。すでに結婚しているキャディーの子供が、家を購入したいと申し出たのだ。ヒルダはもちろんすぐに承諾した。次の日曜日、朝食を済ませるとモリーはヒルダとアリエルをウォーフ・ストリートの家に連れていき、ヒルダが取っておきたい細々とした品を二人にまとめてもらった。その間、モリーは最後の仕上げのために一人で新しい家に向かった。

少しの間、一人になりたかった。ダンのプロポーズを受けてからというもの、やるべきことが次から次に出てきて、玉を空中に多く投げすぎたジャグラーのような気分になっていた。休息が必要だった。そして、湖畔の新居はうってつけの場所だった。

玄関を入るとすぐに、何十年もの間安らかにたたずんでいた家の、時空を超えた穏やかさが彼女を包み込んだ。窓から差し込む優しい日の光が部屋を暖かな金色に彩り、キッチンでは、先週ダンが置いていった濃いピンクに深紅の斑点《はんてん》のついたつつじの花が咲き乱れている。そして湖に反射した光が天井できらきら輝き、モリーが買ったスチール製のコーヒー・メーカーにも光が反射している。

やることはいっぱいあったが、裏のテラスで飲むおいしいコーヒーの誘惑には勝てなかった。この一週間は地獄のような忙しさだった。

アディロンダック椅子に腰を下ろし、脚を手すりにのせた。目の前に広がる、少しもやのかかった美しいブルーの湖を見ながら、コーヒー・ビーンズ社のエスプレッソに温めたミルクを少し混ぜてすすると、モリーはこの数日間の緊張が少しずつほぐれていくのを感じた。

　それは、ダンが彼女にどんな結婚式にしたいか尋ねた時から始まった。「地味なほうがいいわ。あなたと私の家族だけ出席してくれれば」

　だがいくら地味な結婚式でもそれなりの準備が必要だった。モリーの自由にできるのなら、道行く見ず知らずの人を証人に立て、たった十分の儀式で終わらせただろう。でもアリエルのことも考えなければいけない。ダンが指摘したように、大げさな式はあまり気が進まないが、娘のためにも品位ある華やかな式を挙げたほうがいいのかもしれない。

「それにね」モリーの顎の線に沿ってキスをしながら彼は続けた。「これは君の最初で最後の結婚式なんだ。せっかくだから思う存分楽しまなくちゃ」

　日取りは二週間後の、五月の最終土曜日に決めた。夕方五時からヨットクラブの個室で判事に式を挙げてもらい、そのあとオードブルやカクテルで客をもてなす予定だ。すべては数時間で終了するだろう。

　今日か明日にでも、母とアリエルを連れて、ドレスを買いに行かなくてはいけない。花や乾杯用のシャンパンの手配は、ヨットクラブのケータリング・スタッフに任せればよい。そして会場の沈黙を緩和するために必須な背景音楽《BGM》の選曲も。ハーモニー湖のエリート階級がウォーフ・ストリート出身者を受け入れようとどんなに努力しても、会話がとぎれることは避けられないだろう。

　派手なケーキ・カットもなければ、伝統的なブーケ投げもしない。仰々しいことはしたくなかった。目の前に迫った結婚は、地味で飾らない、慣例にとらわれない式にする予定だった。

　母とアリエルに結婚式の予定を説明し、シアトルの店にも頻繁に電話を入れ、ダンと宝石店で結婚指輪を選び、その合間を縫って週末に控えたヨットクラブでのディナー・アンド・ダンスパーティーの準備をしなくてはならなかった。

結婚式とは違って、こちらは盛大で華やかなパーティーになるはずだ。毎年地元の新聞にパーティーの記事が掲載される。だがどんなに豪勢なパーティーでも、シアトルに何着もドレスがあるのだから、新しい服を買う気にはなれなかった。彼女はエレインに頼んで、去年ホスピスのダンスパーティーで着た、クリーム色のシルクの生地に金、銀、ワイン色の刺《し》繍《しゅう》を施したデザイナー・ブランドのドレスを送ってもらうことにした。そして金曜日の夕方、家までやってきたダンは、プラチナとゴールドの台に収まったルビーの周りにダイヤがちりばめられた美しい指輪をプレゼントした。まるで、モリーが選んだドレスに合わせたようにマッチしている。

思いがけないロマンチックなプレゼントに、モリーは感動して涙を浮かべた。「泣かせるつもりじゃなくて」ダンは彼女を抱きしめた。「君を元気づけようと思ったんだ」

「元気になったわ」モリーは彼の胸に顔をうずめた。

ダンの抱擁は心地よく、力強さを感じた。クリニックで一日仕事をしたあとなので、かすかに消毒液のにおいがした。モリーは今までになく彼をいとおしく思った。それは将来を約束する高価な指輪のせいではなく、この日を特別なものにしてくれたからだ。

十五時間もクリニックで働いたあとなのに、彼はわざわざ薔薇《ばら》の花とシャンパンを買い、ロマンチックな曲を集めたCDを用意してきた。バーバラ・ストライザンドの比類のない歌声が家から流れてくる中、二人は映画『追憶』の主人公のように庭のベンチに座って、ワインを飲みながら太陽が沈むのを眺めた。

ロマンチックな雰囲気に浸り、モリーは穏やかな気持ちになっていた。今までダンを遠ざけていたことが急にばかばかしく不自然に思えてきた。どんな問題に直面しても、これだけは二人の心がぴったり一つになる。

「抱いて、ダン」モリーはつぶやいた。

驚いたことに、ダンは彼女の誘いを断った。「僕はわいろのつもりで指輪をあげたわけではないよ。君に持っていてほしかったから渡したんだ」

モリーは彼の引きしまった胴体を撫《な》でた。「わいろだと思っていたら、私から誘ったりしないわ」

一応拒んではいるが、ダンの瞳にともった欲望の色をモリーは見逃さなかった。それに、無意識に体が震えているのがわかる。

「最後にちゃんとキスしてから何週間もたっている」くぐもった声でダンが言った。

「そうね」モリーはダンに唇を差し出した。「そろそろ正常な状態に戻しましょうか」

薄明かりの中で、ダンがモリーの顔をじっと見ている。数秒がとても長く感じられた。やっと彼の唇がモリーの唇に触れた。これまでとは違う、甘く期待に満ちた時間が流れ始め、今まで封じ込められていた欲望が閃光《せんこう》をはなってはじけた。

「一緒に来て」モリーはダンの手を取って家の中に導き、湖を望む寝室へ向かった。

二人の新しい出発だった。高速沿いの名もないモーテルはもう遠い場所。この部屋こそが、二人がこれからの人生を一緒に歩み始める場所なのだ。モリーはこの時を思い出深いものにしたかった。焦ってよく覚えていない思い出にはしたくない。こそこそした安っぽい思い出にもしたくない。

レモンとバーベナの香りのする新品のシーツを敷いた大きなベッドで二人は愛し合った。淡いオレンジ色の夕日が窓から差し込み、二人の足を金色に染めている。時間をかけた愛撫《あいぶ》にモリーが耐えられなくなるのを待って、ダンは二人の体を一つにした。

彼女の中を滑るように彼はゆっくりと、リズミカルに動いた。ダンの体の奏でるリズムにうっとりとしていたモリーは、突然、体を貫くような快感を覚えた。心の準備をする間もなく、今までこらえていた言葉を叫んでしまった。「愛してるわ、ダン」

腕に体重をかけ上半身を起こすと、ダンは彼女を見下ろした。その顔に一瞬表れた表情を見て、モリーは希望を抱いた。二人が同時に頂点に達したとき、ダンも愛していると言ってくれるかもしれない。

だが彼は何も言わなかった。目をつむり、うなるような声を発して、モリーの中に自分の体を深く沈めて果てた。モリーは彼の髪を撫でながら、呼吸を乱しているダンの頭を胸にのせた。ダンに涙を見られないように。

彼女は多くを求めすぎる。いつもそうだ。

「二人一緒ならうまくいくよ」今度は彼女の頭を胸にのせ、ダンが言った。「すべてうまくいく。僕らに解決できない問題なんかないさ」

本当にそんなに簡単なものか、モリーは納得できなかった。

「君はパーティーが心配なだけなんだ」口を開こうとしたモリーにダンは言った。「心配しなくていい。君は大丈夫だ」

あとになって考えれば、彼は正しかったのかもしれない。パーティーは大きな失敗もなく過ぎていった。彼女を鼻であしらう人はいなかった。それに隣の席の人にワインを引っかけたわけでもない。ベルネーゼ・ソースをドレスにこぼすこともしなかった。

婚約発表は、ダンの元婚約者も同席していたため、反応は控えめだった。ダンの父親はモリーを抱き、いつ孫娘に会わせてもらえるかと、こっそりと尋ねた。ゴージャスな黒のレースのドレスを身につけ、宝石泥棒のよだれを誘うようなエメラルドのチョーカーをつけたミセス・コーデルは、冷たい頬をモリーの頬に当てただけだった。それでも、パゲット家から嫁を迎えることにショックを受けて、口から泡をふかれるよりましだった。

唯一、気になったことがあった。モリーが化粧室から戻ってきた十時過ぎごろ、ダンはどこにも見当たらなかった。ディナー・テーブルにも、ダンス・フロアにもいない。

一人でいるのが目立っていると感じたモリーは、係留されたヨットの見えるテラスに出た。誰もいないように見えたテラスだったが、暗がりの中に淡い色のドレスを身につけたサマーがいた。ダンと何かを夢中に話しているのだ。

呆然《ぼうぜん》としているモリーの前で、ダンはサマーの肩に手を置き、少しかがんでキスをした。そして彼女の手を取って自分の腕に絡ませると、ドアのほうに向かって歩き出した。モリーを見つけたダンは何気ない口調で言った。「君を捜しに行こうと思っていたところだよ、僕のモリー」

モリーは無理に笑顔を作ってみたが、しかめっ面にしか見えていないに違いない。どこから見ても上品なサマーがダンス・フロアに戻ると、ダンに向かって吐き捨てるように言った。「結婚してからもこんな態度を続けるつもりなら、ルビーの指輪は持って帰って！」

ダンは大声で笑い出した。「ちょっと待ってくれないか。ちゃんと説明するよ」

「何を説明するっていうの？　私はあなたが別の女の喉に舌を突っ込んでいるところを目撃したのよ。これ以上説明してもらう必要はないわ」

発作を起こしたようにダンは再び笑い出した。

「ハニー」やっと呼吸が整ってから続ける。「頬に軽くキスしただけなんだから、不貞を働いたとは言えない。僕は彼女の新しい恋を祝福してあげていたのさ。気がつかなかったかい？　彼女は輝いていただろう？」

確かに、ダンはサマーの頬にキスしただけだった。常識外れな態度ではない。どちらかといえば、モリーのリアクションのほうがよっぽど常識外れだ。

「ごめんなさい」幸いなことに、真っ赤に染まった彼女の頬を夜の闇《やみ》が隠してくれた。

まだ声高に笑いながらダンは言った。「さあ、こっちにおいで。喉に舌を突っ込むっていうものがどんなものだか、実演してあげよう」

モリーはみずからダンの腕に体を預けた。彼のキスは心臓が止まりそうなくらい優しくすばらしかった。彼に今ここで死んでくれと頼まれたら、モリーは迷わずそうすることだろう。

「本当にごめんなさい、ダン」気持ちが落ち着くと、モリーは再び謝った。「少し気が立っていたの」

「どうして？」ダンは両手で彼女の頬を包んだ。

「君がパーティーの主役なのに」

モリーが主役ではなかった。だがダンがそう思ってくれるだけで、モリーはうれしかった。

コーヒーのお代わりを取りにキッチンへ行こうと立ち上がったモリーは、あの晩のちょっとした騒ぎを思い出した。ダンがユーモアで対応してくれなかったら、取り返しのつかないことになっていたかもしれない。彼の言うとおり、もっと肩の力を抜いたほうがいい。

ミルクを温めていると玄関のベルが鳴った。ダンはクリニックで待機中だが、時間があれば立ち寄ると言っていたのを思い出し、彼女はエスプレッソ・メーカーのスイッチを切って玄関に急いだ。

「そろそろ合鍵《あいかぎ》をあげなくちゃね」笑みを浮かべ、扉を大きく開けた。

だがそこにいたのは、ダンではなく、彼の母親だった。モリーは、彼女がただ遊びに来ただけではないということをすぐに察した。イボンヌ・コーデルはある使命を持ってやってきたのだ。その使命は、義理の娘を歓迎するといったものでは決してなかった。

　イボンヌは淡いグリーンの麻でシックにまとめていて、アクセントに紫色のスカーフをつけていた。小さな革製のバッグを扇のように動かして風を送りながら、麦藁《むぎわら》帽子のつばの下からモリーを、まるで常識から逸脱した人間を見るようにじっくり観察している。ショートパンツの上にシャツをはおっただけの自分の格好がとても無防備に思えたモリーは、ただ見つめ返すしかなかった。

　緊張した沈黙を破ったのはイボンヌだった。「入ってもいいかしら？」モリーの礼儀のなさを辛辣《しんらつ》に指摘するように、彼女は片方の眉を上げた。

「もちろんです。どうぞ」遅ればせながら一歩下がってドアをさらに開くと、モリーはさっきまでの笑顔を取り戻そうとした。「もしダンをお捜しでしたら、ここにはいません」

　イボンヌは我が物顔に廊下を進んでキッチンに入ると、カウンターの上にバッグをどすんと置いた。まるで戦闘開始の合図のように。「知ってるわ。だからここに来たのよ」

「コーヒーでも召しあがりますか？」

「結構よ。レシピの交換に来たわけではないから」

「わかってます」

「本当にわかってるのかしら？　いい、はっきり言わせてちょうだい」

「どうぞ」不吉な予感がして、喉の奥が痛い。

　イボンヌ・コーデルはバッグを開けて中から小切手帳を出した。「いくら差しあげれば、息子と別れてくださるかしら？」

11

モリーは呆然《ぼうぜん》とイボンヌを見つめた。「おっしゃる意味がよくわかりません」

「どこかに行ってくださいとお願いしているのよ、ダーリン」

「どこに行けと言うのですか？」

「どこでもお好きなところへ」イボンヌは華奢《きゃしゃ》な肩をすくめると、バッグから銀製のペンを取り出した。「遠ければ遠いほどいいわ」

「私に婚約を解消しろと？」

「そのとおりよ。そうしてくだされば手厚くお礼をさせていただくわ」

ショックでモリーはカウンターのスツールに腰を落とした。脚に力が入らず、倒れそうだった。「私を買収しようとなさっているのですか？」

「率直に言うと、そうね」

「ミセス・コーデル、お忘れでしょうか？　私には娘がいます」

「それも考慮に入っているわ」

「ダンの娘でもあるんです、あなたの孫です」

「あなたはそう言うけど、お金に困ったお嬢さんが、玉のこしにのるために昔からよく使う手ではなくって？」ペンを宙に浮かせたまま、彼女はまた眉をひそめた。「あなたと、あなたの娘さんがどこかへ行ってくれるのなら、それなりのお礼はするわ。あなたたちにひっかき回される前の平穏な人生を息子に返してあげてくださらない？」

「あなたがここへいらしていることをダンは知ってるんですか？」

「ばかを言わないで、ミス・パゲット。このことを知ったらあの子は激怒するわ」

「それに傷つくと思います。信頼できると思っていた人に裏切られて」

　イボンヌ・コーデルは小切手に数字を書き込むと小切手帳から切り離し、モリーに金額が見えるように表を上にしてカウンターに置いた。「ゼロの数を数えてちょうだい。あなたの口を封じるには十分な額だと思います」

「私を黙らせるのにお金なんていりません。ダンには死んでもこのことは言いませんから。それにどんな金額を積まれても、私はあなたが提案しているような忌まわしいことはしません。残念ですが、お時間の無駄だったようですね、ミセス・コーデル。私も、そして娘も、売り物ではありませんから」

「何を言ってるの、誰でもお金で動くのよ。金額にさえ合意できれば」

「あなたのお友だちはそうかもしれません。でも私の友だちは違います」怒りが込み上げてくる。

　ダンの母はほほ笑んだ。「あなたには友だちなんかいないでしょう。少なくともこの町には」

「友人の輪を作るのは難しくないと思いますけど。ゆうべは皆さんがとても温かく迎えてくださったし」

「当然よ、あなたはダニエルの連れだったんですもの。わかる？　彼はここにふさわしい、でもあなたは不釣り合いなの。誰もあからさまにあなたの下品なドレスと気取った態度を笑わなかったからって、陰で笑っていなかったわけではないのよ。皆さん育ちがいいから、大っぴらに笑ったりはしないわ。それにダニエルを侮辱したくなかったのね」

　モリーはダンの母親の鋭い言葉に自尊心を傷つけられ、立ち直れそうになかった。必死で平静を装う。

「それが本当なら、礼儀正しい皆さんは私の欠点に目をつぶってくださるんではないですか。そして私が息子さんを心から愛してることを評価してくださいますわ。あなたはそれを必死で無視しようとなさっているみたいですけど」

「でもね、ミス・パゲット、息子はあなたを愛しているのかしら?」

そのひと言でモリーの足元の地面が崩れ去った。痛みで感覚がなくなっていく。せめてこの口論にだけでも勝ちたい。だが適当な言葉が見当たらない。

「でも彼は娘を愛しています」叫ぶように言った。「娘も彼を愛しています。まだ小さい少女から父親を奪って、彼女の将来をめちゃめちゃにしてしまおうだなんて、あなたは悪魔です。私たちをほうっておいてください、お願いですから!」

モリーの怒りが爆発すると、イボンヌの高貴な顔に邪悪な表情が浮かんだ。「あなたはメロドラマのヒロインを演じて陶酔してるけど、あなたに勝ちめがないのは明らかなのよ。私は必ず勝ちますよ、ミス・パゲット。いつだってそうですもの。だから、その小切手を受け取って、西海岸にすてきな家でも買いなさい。すてきな車もね。ダーリン、いい、これが現実なの。あなたはここにはふさわしくない。あなたはウォーフ・ストリートの住民にさえ歓迎されてないのよ。だから子供を連れてさっさとどこかへ行ってくださらない? でないと、あなたの人生は惨めなものになると私が保証します」

小切手帳とペンをハンドバッグに戻すと、イボンヌはぱちんと留め金を留め、帽子の位置を直した。「それともう一つ。ここの家主は私の友人なの。電話一本であなたとの契約を無効にすることだってできるのよ。権力ってね、お金とコネを持つ者が必ず手に入れるの」

車を降りたとたん、何かが起こったとダンは直感した。玄関のドアは開いたままで、モリーはどこにも見当たらない。彼女のバンは車庫にあるのに。

普段は非科学的な想像などしないが、家から漂う尋常ではない静けさが、ダンの背筋に冷たいものを走らせた。家からは物音一つしない。

脚立から落ちて怪我《けが》をしてしまったのだろうか？　それとも変質者が忍び込み、一人でいる彼女に襲いかかったのだろうか？　レイプ犯、または連続殺人犯？

自分でも信じられないような異様な光景ばかりが頭に浮かび、冷や汗が出た。玄関口の階段を駆け上がり、中に入った。昼間の静けさに彼の叫び声が響き渡る。「モリー！」

実際には一秒にも満たない時間なのに、返事を待つ間が永遠のように長く感じられた。第六感が警鐘を鳴らしている。ダンは家中を捜した。寝室、ゲストルーム、書斎と恐る恐るのぞいて回った。

ダンは最後にキッチンにたどり着いた。ひと目見回しただけでは、異常はないように見えた。いつもと違う点は、使用済みのコーヒーマグが置きっぱなしになっていることだけだった。

だがすぐにダンは彼女の指輪を見つけた。その横には、法外な金額と見慣れたサインの書かれた小切手が置いてある。不安が的中してしまった。

「気でも狂ったの？」その日の早朝、まだはっきり目の覚めていないダンのもとに現れた母は金切り声をあげた。「サマーとの婚約を解消するのも問題だけど、その直後にあんな女と婚約するなんて……それを昨日の晩、突然あんな形でお父様と私にあの女を紹介するなんて。お友だちもたくさんいる前で！」

「〝あの女〟って言うけど、彼女は僕の娘の母親なんだよ、母さん」ダンは冷たく言った。

「それが真実なら、どうして隠していたの？」

「モリーが公にしたくなかったからさ」

「正式に結婚するまでは安心して公表できないっていうの？　ダン、正気に戻って。このままでは社会的地位の向上だけが目的の女に、誰のだかわからない子供まで背負い込まされてしまうわよ！」

　母親とは以前に何度も衝突したことがあった。大きな衝突もあったが、ここまで猛烈に対立したのはこの数年で初めてだった。

「ほうっておいてくれ、母さん！　ついでに友だちにも変なことは言わないでくれよ。モリーとアリエルの中傷を広めたりしたら僕は許さない」

「私が断ったらどうするつもり、ダニエル？」

「前に母さんが僕のことを思いどおりにしようとした時を覚えているかい？　僕の居所や生存すらわからなかった期間は二年だったかな、それとも三年？　もう一度、僕がいかに簡単に僕の人生から母さんをしめ出せるか、見せてあげようか」

　母の顔から血の気が引くのを見て、ダンは自分の意思が伝わったと判断し、問題は解決したと思った。だが、それは彼の思い違いだったのだ。社会的ステータスを守るためには、母は独断的な意見を譲ろうとしない。

　指輪をポケットにしまうと、ダンは裏のテラスに出て、広々とした芝生の丘から湖畔まで見回した。ボート用の桟橋にモリーの姿を見つけたダンは、思わずテラスの手すりを飛び越え、彼女のもとへ走った。モリーは湖を見つめ、素足を水面の上でぶらぶら揺らしていた。

「やあ」隣に座ると、指輪を手のひらに転がした。「これはどういうことかな？」

　モリーは答えなかった。彼女の顔をのぞき込むと、その理由はひと目でわかった。彼は今までに多くの深い悲しみを見てきたが、モリーの顔にこれほど深く刻まれた悲しみを見ることになるとは、考えもしなかった。こんなにも青ざめた、まるで死人のような彼女を見るなんて。彼女は悲しみに打ちひしがれ、静かに、止めどなく涙を流している。

そこにいるのは彼の知っているモリーではなかった。彼女の中で燃えている炎が、人生の意義を探し出すには、サマーと築いた安易で多くを求めない関係では不十分だということを教えてくれたのに。

その炎が消えてしまった今、彼女は中身をなくした抜け殻のようだった。ダンはモリーを強く揺さぶりたい衝動にかられた。彼女の頬が赤く染まるまで、そして、こうなったのは彼のせいだとモリーが食ってかかるまで。彼女の体に血を通わせたかった。

自分でも理解できない感情に襲われ、彼はどうしていいかわからずに彼女の体を強く抱きしめた。しかし、指のすき間を流れていく水のように、彼女は彼の抱擁からすり抜けると、まるで彼に汚されることを恐れるように桟橋の突端に逃げてしまった。

「逃げないでくれ、モリー」声がかすれた。「何があったのか教えて。僕がなんとかするから」

彼女は大きなため息をついた。「どうにもならないわ。あなたにだって真実は変えられない」

「誰にとっての真実を言ってるんだ」胸に痛みが広がる。「君の、それとも僕の母の？」

「両方よ。私は自分の過去から解放されたと思っていたわ。超越したとも思っていた。ずっとそう信じようとしてきたけど、でも誰にでも運命を確信する瞬間ってあるでしょう？　私は今日確信したの」

「やめるんだ！」強烈な痛みと共に怒りが体を走る。

「母はなんでも思いどおりにしたがるんだ。彼女の力に屈服しないでくれ、お願いだ」

「あなたのお母様だけじゃないわ。みんな同じことを私に言おうとしていたのよ、私がこの町に戻ってきてからずっと――キャディー・ブーデレにアレック・リビングストン、そしてあなた。あなたは私に誠意をもって接してくれたわ。でもそのあなたでさえ、私を愛せないでいる。私は何度痛い目に遭ったら、何も変わらないって学習できるのかしら。傷つくのは私だけだって、理解できるのかしら」

「モリー、君はいつから他人の評価を気にするようになったんだ？　自分の胸に問いかけてみれば、みんなの非難が君のせいじゃないってすぐわかるだろう。自分が成し遂げてきたことに誇りを持つんだ。君の成功はハーモニー・コーブのレベルをゆうに超えてしまって、ここの人は誰も評価できないんだ」

「ダン、あなたもできないの？」

「僕はやっと理解できるようになった」残念そうに彼は言った。「一応、賢い男で通っている僕でさえ、目の前にあった事実を理解するのにずいぶんと時間がかかった。さあ、手を貸して。僕に指輪をはめさせてくれ」

「だめよ」かすれた声でモリーは答えた。「あなたとは結婚できない。私が幼いころに味わったような嘲笑《ちょうしょう》と侮辱をアリエルには味わってほしくないもの。彼女をシアトルに連れて帰るわ。あなたは好きな時に会いに来ていいのよ。いつでも歓迎する。でもここに残ることだけはできない」

　モリーの唇は固く結ばれ、顎は決意の固さを表すように突き出されている。絶望に涙しながらも、地獄のような幼少時代から立ち直ってきた強さを感じる。今は何を言っても無駄だ。

「じゃあ代わりにこうしよう。家に戻るんだ。風呂にでも入って、涙の跡を洗い流してしまおう。そしてクローゼットの中から好きな服を選んで着替えよう。それが終わったころには少しは気分がよくなってるはずだ。それまでに、結婚をあきらめてしまうのは間違っているという証拠を僕が持ってくるよ」

　モリーはダンの言うとおりにした。もうどうでもいいという気持ちだったし、疲れて抵抗する余力もなかった。彼はモリーを抱き起こすと、慎重に家までの道をつき添って歩き、寝室に連れていった。

バスタブにお湯をためている間、今までにない優しさでダンは彼女の服を脱がせたあとで階下に消え、片手にワインの入ったグラスを持って戻ってきた。泡風呂に首までつかったモリーの手の届きやすい位置に椅子を置き、その上にグラスを置く。

「できるだけリラックスして」そう言うと、モリーの額にキスをした。「すぐに戻るよ」

だが一時間たってもダンは戻ってこなかった。魔女のような母親を連れて戻ってくると思っていたモリーは、髪をシャンプーし、すべすべになるまで、へちまで体をこすった。シルクの部屋着に着替えると、ダンが正しかったと認めざるを得ない。先ほどの屈辱は忘れられないまでも、温かいお風呂のおかげで確かに少し元気になっている。

ワイングラスを片手に、彼女は二階の部屋を一周し、さよならを言った。こんな結末じゃなければよかったのに。この優雅で大きな、日当たりのいい家が大好きだった。大きな楓《かえで》の木や、隣の敷地との境界に立つ樺《かば》の木が好きだった。自分のためにあつらえられた家だと思った私が愚かだったのだ。こんなにたくさんの寝室と子供部屋、自分には用がない。

この家は、たくさんの子供の笑い声で満たされるべきだ。母親が貧しい家の出だという理由で、学校でいじめられている一人ぼっちの少女の寂しい足音は、この家には似合わない。

ダンの車と、続いてもう一台の車が家の前に停《と》まる音が聞こえた時は、すでに日が暮れていた。モリーが一階の廊下に下りていくと、ダンが玄関に立っていた。彼の隣にはアリエルが、そして後ろには彼の両親がいる。

「何をしているの？」モリーはアリエルをダンから離し、自分のそばへ引き寄せた。

「僕らのかわいい娘に会いたいだろうと思ってね、僕のモリー」ダンは冷静に答えた。

「彼女は？」夫の隣に立ち、居心地悪そうにしているイボンヌ・コーデルに向けて顎を突き出す。「彼女にも私が会いたいだろうと思ったの？　一日に一度会えば十分よ、ダン」

「怒らないで」モリーさえもが身震いするほどの冷たい視線をダンは母親に向けた。「母はすぐに失礼するよ。彼女は、今朝ここに忘れていったものを取りに来ただけなんだ。それと、なんでそんなものをここへ置いていったか、アリエルに説明しに来ただけさ」

イボンヌは体が麻痺《まひ》してしまったように動けないでいる。

「さあ、イボンヌ」彼女の夫が促す。「息子の婚約者に、我々の孫娘を連れてこの町を出ていくよう買収しようとした理由を説明してくれないか」

「私……間違っていたわ」イボンヌが言った。

「でも、私のおばあちゃん《グランマ》なのに、どうしてそんなことしたの？」大きな目に困惑の色を浮かべているアリエルを見て、モリーは胸がいっぱいになった。

「私を嫌いなの？」

イボンヌ・コーデルは孫と目を合わせられずにいる。「いいえ、あなたが好きよ、アリエル」

「もっと感情を込めて言ったらどうだい」ダンが冷たく言った。

イボンヌは顔を上げ、息子を見た。「もうわかったわ」声が割れている。「私が間違っていたの、ごめんなさい。あなたとミス・パゲット――いえ、モリーがこんなに愛し合っていたなんて知らなかったわ」

「母さんは僕らの愛の半分も知らないよ。きっと永遠にわからないさ。でももし、アリエルや、将来できるかもしれない彼女の弟妹との縁を絶たれたくないなら、くだらない偏見は捨てるんだね。でないと、僕の家族とは二度と会わせない」

「そこまで言わなくてもいいじゃない、ダニエル。私が間違っていたのは認めるわ」

「だがね、イボンヌ」彼女の夫が口を開いた。「それだけでは足りないんじゃないのかい？」

イボンヌは苦痛に顔をゆがめている。「もう十分です」怒りが同情に変わり、モリーは言った。「ミセス・コーデル、ありがとうございます。あなたが認められなかったことは理解できます」

イボンヌはしばらく無言だった。床に落としていた視線を天井に向ける。心の中で葛藤《かっとう》している様子がわかる。やがて彼女は心細げに一歩前に踏み出した。

「私たちは住む世界が異なっているけど、私の世界があなたの世界より優れていると思っていたのは私の間違いだわ。自分の生まれる境遇を選べる人なんていない、その境遇でどう生きるかが大切なのね」

イボンヌは手を伸ばし、アリエルの頭を撫《な》でた。

「時には純粋な子供の心が私たちに歩み寄る機会を与えてくれる。でもこれは単なる言葉でしかないわ。ちゃんと行動も伴っていることを私に証明させてくれる、モリー？」

その日の夜、コーデル夫妻が帰り、ダンがアリエルをホテルに送り届けたあと、ダンとモリーは裏のテラスに座っていた。明かりは一本の蝋燭《ろうそく》と、空を飾る星々だけだ。

「あなたのお母様は正しいわ」暗い湖を見ながら、モリーは言った。「言葉だけでは不十分よ」

「それだけで十分な言葉もあるよ。たとえば〝愛してる〟――世界で一番癒《いや》される言葉だ。愛しているよ、僕のモリー」

「いいえ、あなたは私に同情を、アリエルには責任を感じているだけ。それは愛ではないのよ。だから私のシアトルに戻る決心は揺らがないわ」

「いいよ、帰っても。地球の反対側まで逃げたって、何も変わらないさ。僕は君を追いかける。シアトルに戻るなら、僕もシアトルに引っ越すよ」

「あなたはここにいるべきよ、ダン。あなたはこの町の宝ですもの。立派で正直なお医者様。どんな女性だってあなたと結婚したがるわ」

「でも僕は戦士でもある。僕は命を助けるため、病に冒された患者を救うために日々闘っている。そして自分の愛した女性と一緒になるために闘う」

「私はその相手じゃないわ。あなたには私みたいな女性は必要じゃない。お母様が今朝おっしゃったことは正しかったの。世間体は大切よ」

「僕に必要なのは君だけだ」感情のこもったダンの言葉を、モリーも信じてしまいそうになる。「世間体なんて関係ない。大切なのは君だよ。そして二人で分かち合うもの。僕は君の夫になりたい。君の隣に横たわり、君の魅力的な唇が僕の唇と重なって花咲くのを見ていたい。僕の腕に抱かれて、君の美しい瞳に欲望の炎が宿るのが見たいんだ」

「そんなはずないわ――」

「あるよ！」声を詰まらせて彼は言った。「君の胸の鼓動を隣で聞いていたい。君に子供を産んでほしい。僕の子供を身ごもって、日に日に体重を増やしていく君を見ていたい。僕の息子を抱き上げ、母乳を与えるところが見たい。人込みの中で目を合わせ、二人きりになりたいと無言で伝え合いたい。君は僕の過去のほんの一部分でしかなかったけど、今では僕の未来のすべてだ。君のおかげで、僕は成長した。君が必要なんだ。モリー、君を愛している」

　ダンが言い終わる前にモリーは泣き出していた。

「信じたいけど、でも怖いの」

「君が？」そうつぶやくと、モリーを椅子から抱き上げ、自分の膝の上にのせた。「よく聞いてくれ、モリー。男と女は、ほんの短期間一緒になることもあれば、事情があって一緒になることもある。そして、一生添い遂げることもあるんだ。僕らは最初、ほんの短い間しかつき合わなかった。そして、確かに、最初にプロポーズした時は、事情があったからだ。でも今は僕の一生を君に捧《ささ》げたい。モリー、君は僕の北極星だ。君がいなかったら、僕は目標を失ってしまう」

　今までの悲しみが涙と共に流し出されていく。モリーは彼の首に顔をうずめた。「私、きっとひどい顔ね！」

「いや」彼女の顔を上に向かせキスした。「とてもきれいだよ。僕の目には君はいつだって美しいんだ」

　言い終わると、ダンはキスの雨を降らせ、モリーはその雨に溺《おぼ》れそうだった。「愛しているわ、ダン」

その言葉を口にするのは二回目だ。「今までずっと愛していたの。そしてこれからも」

「じゃあ、ここに残ってくれるかい？　結婚してくれるね？」

「ええ」夢見ていたハッピー・エンドが自分にも訪れたという実感が少しずつわいてくる。「二つの質問の両方とも答えはイエスよ」

　ダンはモリーを二階に連れていき、二人は愛し合った。そして男性として最も揺るぎない方法でモリーに愛を誓った。

「十一年前、僕は君に何もしてやれなかった。でも今度はちゃんと約束できる。幸せにするよ、永遠に」

　それはモリーがずっと求めていたものだった。

　そしてダンも。

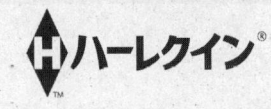

ハーレクイン・ロマンス　2004年6月刊（R-1975）

ドクターと悪女

2024年8月20日発行

著　者	キャサリン・スペンサー
訳　者	高杉啓子（たかすぎ　けいこ）
発行人	鈴木幸辰
発行所	株式会社ハーパーコリンズ・ジャパン 東京都千代田区大手町 1-5-1 電話 04-2951-2000（注文） 0570-008091（読者サービス係）
印刷・製本	大日本印刷株式会社 東京都新宿区市谷加賀町 1-1-1

ISBN978-4-596-96136-5 C0297

ハーレクイン・シリーズ 8月20日刊 発売中

ハーレクイン・ロマンス　愛の激しさを知る

王の求婚を拒んだシンデレラ《純潔のシンデレラ》	ジャッキー・アシェンデン／雪美月志音 訳	R-3897
ドクターと悪女《伝説の名作選》	キャサリン・スペンサー／高杉啓子 訳	R-3898
招かれざる愛人《伝説の名作選》	スーザン・スティーヴンス／小長光弘美 訳	R-3899
世界一の大富豪はまだ愛を知らない	リン・グレアム／中野　恵 訳	R-3900

ハーレクイン・イマージュ　ピュアな思いに満たされる

大富豪と孤独な蝶の恋	ケイト・ヒューイット／西江璃子 訳	I-2815
愛の岐路《至福の名作選》	エマ・ダーシー／霜月　桂 訳	I-2816

ハーレクイン・マスターピース　世界に愛された作家たち ～永久不滅の銘作コレクション～

オーガスタに花を《ベティ・ニールズ・コレクション》	ベティ・ニールズ／山本みと 訳	MP-100

ハーレクイン・プレゼンツ作家シリーズ別冊　魅惑のテーマが光る 極上セレクション

もう一度恋して	レベッカ・ウインターズ／矢部真理 訳	PB-391

ハーレクイン・スペシャル・アンソロジー　小さな愛のドラマを花束にして…

愛は心の瞳で、心の声で《スター作家傑作選》	ダイアナ・パーマー 他／宮崎亜美 他 訳	HPA-61

文庫サイズ作品のご案内

◆ハーレクイン文庫…………………毎月1日刊行
◆ハーレクインSP文庫…………毎月15日刊行
◆mirabooks………………………毎月15日刊行

※文庫コーナーでお求めください。

8月30日発売　ハーレクイン・シリーズ 9月5日刊

ハーレクイン・ロマンス
愛の激しさを知る

黄金の獅子は天使を望む　アマンダ・チネッリ／児玉みずうみ 訳　R-3901

嵐の夜が授けた愛し子　ナタリー・アンダーソン／飯塚あい 訳　R-3902
《純潔のシンデレラ》

裏切りのゆくえ　サラ・モーガン／木内重子 訳　R-3903
《伝説の名作選》

愛を宿したウエイトレス　シャロン・ケンドリック／中村美穂 訳　R-3904
《伝説の名作選》

ハーレクイン・イマージュ
ピュアな思いに満たされる

声なき王の秘密の世継ぎ　エイミー・ラッタン／松島なお子 訳　I-2817

禁じられた結婚　スーザン・フォックス／飯田冊子 訳　I-2818
《至福の名作選》

ハーレクイン・マスターピース
世界に愛された作家たち
～永久不滅の銘作コレクション～

伯爵夫人の条件　ペニー・ジョーダン／井上京子 訳　MP-101
《特選ペニー・ジョーダン》

ハーレクイン・ヒストリカル・スペシャル
華やかなりし時代へ誘う

公爵の花嫁になれない家庭教師　エレノア・ウェブスター／深山ちひろ 訳　PHS-334

忘れられた婚約者　アニー・バロウズ／佐野　晶 訳　PHS-335

ハーレクイン・プレゼンツ作家シリーズ別冊
魅惑のテーマが光る
極上セレクション

カサノヴァの素顔　ミランダ・リー／片山真紀 訳　PB-392

※予告なく発売日・刊行タイトルが変更になる場合がございます。ご了承ください。

今月のハーレクイン文庫

8月刊 好評発売中!

Harlequin 45th Anniversary

帯は1年間"決め台詞"!

珠玉の名作本棚

「浜辺のビーナス」
ダイアナ・パーマー

マージーは傲慢な財閥富豪キャノンに、妹と彼の弟の結婚を許してほしいと説得を試みるも喧嘩別れに。だが後日、フロリダの別荘に一緒に来るよう、彼が強引に迫ってきた!

(初版：D-78)

「今夜だけあなたと」
アン・メイザー

度重なる流産で富豪の夫ジャックとすれ違ってしまったレイチェル。彼の愛人を名乗り、妊娠したという女が現れた日、夫を取り返したい一心で慣れない誘惑を試みるが…。

(初版：R-2194)

「プリンスを愛した夏」
シャロン・ケンドリック

国王カジミーロの子を密かに産んだメリッサ。真実を伝えたくて謁見した彼は、以前とは別人のようで冷酷に追い払われてしまう——彼は事故で記憶喪失に陥っていたのだ！

(初版：R-2605)

「十八歳の別れ」
キャロル・モーティマー

ひとつ屋根の下に暮らす、18歳年上のセクシーな後見人レイフとの夢の一夜の翌朝、冷たくされて祖国を逃げ出したヘイゼル。3年後、彼に命じられて帰国すると…?

(初版：R-2930)